【竜人】黒竜
アルファ
【竜人】赤竜
カイル

【竜人】の主
シリウス
果物屋の息子
バナード

「カイル、いってらっしゃーい！」

燃えているのではないかと
勘違いしたくなるような赤い髪。

その髪の色と全く同じ体の色の竜。

鱗が陽光に反射し、燦然と輝いて眩しかった。

shonen to ryujin

少年と竜神

～王子と過保護な護衛たち～

VOLUME

1

黒河あこ

[illustration]

ののまろ

GC NOVELS

CONTENTS

プロローグ

目覚めるとそこは、柔らかな白い光に包まれた、湿った小さな入れ物の中だった。

手を伸ばそうとしたけれど、すぐに入れ物を構成する白い壁に阻まれる。

なめらかで、ほんのちょっとの突起もへこみもないすべすべの壁は、自分の周囲をぐるりと取り囲んでいて、腕だけではなく、体の、どの部分を動かしてみても、身じろぎすれば必ずその壁へ突き当たる。

そんな風に窮屈な空間だったけれど、ほんの少しの失望以外には特に不満を感じなかった。

あたたかくてふわふわとしたその空間は、体を丸めて目を閉じていれば、常に安全と快適を保障してくれると、本能的に知っていたからだ。


壁の向こうでは、ゆらゆらと動く何かの影が慌ただしくしているようだったけれど、これも別段気にならない。とろりとした液体の中で聞く壁の向こうの音は低くくぐもっていて、心地よい振動となってわずかばかり伝わってくるだけ。

もっと眠っていようと、いっそう体を小さく丸めた時、壁の向こうをコツコツと遠慮がちに叩かれた。

音の程度からいって、壁はとても薄いようだったけれど、ひびが入ったり壊れたりはしない。

無視していると、今度はもう一度、先ほどよりも大きな音で、こつんこつんと壁を叩かれる。

今度こそ不満を感じ、抗議のために体を大きく動かすと、入れ物がゆらゆら揺れて、影たちのどよめきが聞こえた。

それっきり、影たちはざわざわと囁きながら遠ざかっていく。


大国、ウェスタリアの王妃が二度目の出産で産み落とした〝それ〟は、夫である国王と、その重役たちを大いに動揺させた。

青白く鈍い光沢を纏《まと》った〝それ〟は、だれが見ても〝卵〟だったからだ。

人間が〝卵〟を産むこと、それ自体は、この、人と【魔物】が共存する世界ではありえない出来事ではない。

とはいえ、数十年、あるいは数百年に一度、あるかないかの、とても珍しい事象ではあったけれど。

この地上世界には〝卵〟から産まれた人間が、常に必ず四人存在している。

四人より多いことも、少ないこともない。

そのうちの一人が死ねば、新たに世界のどこかで人の胎に〝卵〟が生じる。十ヶ月後に〝卵〟のまま産まれると、数日で孵《かえ》り、彼らは四人に戻る。

強大な力と長命を約束されたその四人は、人身であっても人ではありえないほどの絶大な魔力を自在に操り、必要とあれば神にも匹敵する力を行使する竜に姿を変えることが出来る、恐るべき人々だった。

〝卵〟から生じ竜に変化する【竜人】と呼ばれる四人は、人類の希望であり、同時に畏怖される存在でもある。

どの国家も彼らを欲し、人々は彼らの、神にも匹敵する力を恐れ敬っていたが、彼らは決して、誰に忠誠を誓うことも、膝を屈することもない、真実孤高の生物だった。

そのため、全世界共通の条約によって、竜に化身する人々、すなわち四人の【竜人】を、国家、および、個人が、臣下として重用することを禁じた。

たとえその【竜人】の生国であっても、所有権を主張してはならぬ、と定めたのだ。

もっとも、【竜人】に忠誠を誓わせることは物理的、精神的に不可能であり、仮に法を犯して彼らを従わせようと企てたところで、達成することは到底叶わぬことであったけれど。


今、世界に【竜人】と呼ばれる人々は四人、誰も欠けることなく存在していた。

遠く東には、西洋系のドラゴン特有の翼を持ち、干ばつから人々を救った、水を司《つかさど》る青い竜がいる。

西にある砂漠の大地には、真珠のような鱗を持つ白い竜。東の竜と違い、長大な東洋系ドラゴンの姿を時折人々の目に晒し空を駆ける。

もうかれこれ数百年にわたって旅をする人々を導き守護している。砂漠で生活しているのに、その【竜人】は氷の属性を持つという。

北には強大な【竜人】たちの中でも、最も力を持つといわれている、漆黒の竜。

あまり人と交わりたがらないという噂だが、北の強国を支え繁栄を助けている。

そして南方ウェスタリアの隣国、アレスタには、まだ年若い赤竜がいた。炎を司るその【竜人】は、侯爵家の長男として産まれ、今年十二歳になる。

【竜人】は必ず、いついかなる時も、世界に四人。

四人の【竜人】がそれぞれ問題なく生きている今、この世界に〝卵〟が産まれるはずはない。

創世の時代から数千年にわたってずっと続く理《ことわり》は、決して外れることはなかった。

この日、ウェスタリアの王妃が、〝卵〟を産むまでは。

1話　五年後・赤竜の青年訪問する

ウェスタリアの街道を、隣国、アレスタの馬車が通過していく。

磨かれた黒い車体には侯爵家の家紋、雄鹿と麦穂が金で装飾されていた。

馬車を引く四頭の黒馬は皆逞しく壮健で、軽快な音を響かせながら一定の速度で進む優美な馬車は、目にした人々を感嘆させずにはいられない。

馬車を守るのは、同じく黒馬へ騎乗した騎士たちだ。

その馬車の中へスラリとした長身を収めているのは、今年十七歳になったばかりの若き【竜人】、カイル・ディーン・モーガンだった。

見る人全てが、炎のよう、と形容する赤い髪。

燃え盛る炭火を思わせる、熱く輝くルビーのような瞳、なめらかな白い肌。

外見は炎そのものなのに、常に冷静沈着で、落ち着いた言動が人々を引き付ける青年だった。

しかし竜に化身するというその人物の、実際に竜になった姿を見た者は、まだ一人もいなかった。

カイルは、豪奢な四頭立ての馬車の中、先日ウェスタリアから届いた手紙を改めて読み返していた。

何度も読み返していたけれど、他にすることもなかったし、暇つぶしにと持参してきた書籍類も読みきっていたからだ。

もうじき目的地へ到着することであるし、読み返しておいて損はない。

「お前、またその手紙を読んでいるのか？」

カイルの旅に同行してきた、友人でもあり部下でもあるジャンが呆れた顔をする。

【竜人】であるカイルに対して、このように砕けた口調で話しかけられる人物はごく限られている。

ジャンは平凡な貴族の家の五男で、茶色の髪を短く切り揃えた、活発で明るい好青年だ。

貴族の家の男子とはいえ、五男など何の権限もないに等しく、幸か不幸か、おかげでジャンはかなり自由な立場であった。

真面目すぎて、つい堅苦しい言動ばかりになってしまうカイルにとって、ジャンは幼馴染であり、同級生であり、良い緩衝材になってくれる親友だ。

その親友にカイルは笑顔で返す。

「まあな、そろそろ暗記しそうだ」

「オレにも内容を教えられない、極秘の招待理由が書かれているんだろう？」

「公式には親善で訪問ということになっている」

「……何でもいいが、お前、いつもよく馬車の中で下向いて文字読んで具合悪くならないよな」

見ているだけで目眩がしそうだ、と文句を言って、ジャンは眉間に皺を寄せると、馬車の椅子へゴロリと寝そべった。

「もう五日も馬車の中だ。早く到着するか、盗賊の一団が襲ってくるか、どちらか頼むぜ」

「盗賊団なら途中で壊滅させただろう」

ここへ来る道中、近道である森の中の細道を抜け、豪華な馬車だと喜び勇んで襲ってきた盗賊団を、カイルたち一行はあっさり一網打尽にしていた。

「壊滅させたのは大体お前だ。オレには全然残してくれなかったじゃないか。どうせなら盗賊の一団、じゃなくて、二団も三団もあったら良かったのになあ」

冗談などではなく、心の底から言っているらしい友人を放っておいて、カイルは手紙へ視線を戻す。


手紙にはありえない訴えが綴られていた。

曰く、王妃が五年前に出産した〝卵〟が、いまだに孵る気配がない、と。

その上、産まれた時は両手で包み込めるよりやや大きいぐらいのサイズだった〝卵〟が、今や両腕で抱え込んでようやく、というような巨大さに成長しているという。

確かに五年前、アレスタにいるカイルのもとにも、隣国の王妃が〝卵〟を出産したとの報は届いていた。

けれどカイルもアレスタの国の重臣たちも、それはきっと何かの間違いで、もし〝卵〟のようなものが万一産まれていたとしても、病の一種だろうと話し合われていた。

赤子が産まれてくる際、膜が纏わりついたまま産まれてくることがある。まれにその膜が硬く病変している場合があり、それを〝卵〟と勘違いしているのではないかとアレスタの医師たちは言うのだ。その場合、赤子は産まれてもすぐに死んでしまう。

実際、ウェスタリアからはその後〝卵〟から子供が誕生したとの報もなく、やはり膜が硬くなる病の赤子が産まれ、すぐに亡くなったのであろうとアレスタ国内ではとっくに結論を出していたのに、今回の手紙はまさに青天の霹靂《へきれき》であった。

〝卵〟のような物体が五年の年月の間に大きくなったというのなら、腐敗による膨張か何かかもしれない。

カイルは軽く溜息をついた。

ウェスタリアの国王夫妻は藁にも縋《すが》る思いで、隣国にいる【竜人】、カイルに手紙で救いを求めてきたのだ。

もしも【竜人】の〝卵〟であるならば、当の【竜人】が見ればどういう状態なのか分かるだろうと。

けれどカイルは〝卵〟のように見える赤子の死体を見るのが憂鬱だった。

これは亡くなったあなた方のお子様です、と伝えることが。

――見なくても分かる。

【竜人】が四人とも健在である今、絶対に〝卵〟ではありえない。

ウェスタリアの国都ティラーナは、カイルの生国アレスタの国都と同等か、それ以上に繁栄しているように見えた。

街道の白い石畳はきちんと整備され、誰でも自由にもぎとっていいというレモンの街路樹が、美しい緑と黄色のコントラストを描き、疲れた旅人を心身ともに癒やしてくれる。

城下の人々も皆清潔で、目に入る限り、少なくとも表通りにはごろつき共の姿も見当たらなかった。

街角の要所には騎士が立ち、街の治安を守っている。

人種も雑多であり、肌の白い人間が主であったが、黒い肌や赤い肌、黄色の肌の人間もいた。皆争うこともなく、肌の色に関係なく親しく気軽に会話をしながら、並んで歩いている。

ジャンは街並みをつくづくと眺め、あまり面白みがなさそうな街だ、と、溜息をつき、任務の後に他の部下たちと繰り出すべく、酒場の場所をいちいち確認していた。

彼にとっては物騒なほどに騒々しく活気に満ちた街が理想であり、多少の犯罪は体を動かすいい口実になるのでむしろ大歓迎。こんな風に静かで落ち着きのある成熟した街は、今一つ物足りないのであった。

目指す城が近づくにつれ、カイルの憂鬱だった気分が徐々にではあるが晴れてくる。

もともと前向きな性格だったし、白い石壁の城が、予想よりもずっと清潔で優美な佇まいだったからだ。

ウェスタリアの国王は元軍人で、己にも他人にも厳しいが誠実な人物であると聞いてきた。

城下町の落ち着いた雰囲気を見ても、間違いではないようである。


城へ到着すると、カイルも同行の騎士たちも、控えめだが丁重な歓迎を受けた。

式典などは行われなかったが、宰相と高官たちが出迎えてくれ、馬たちも速やかに装具をとかれて丁寧に馬房へ移された。

派手派手しいものが苦手なカイルには、その静かな歓迎がとても好意的に思えた。

国王夫妻が政務中であったため、待機のため部下とともに客室へと案内される。客室の扉の前へ到着すると、ウェスタリアの近衛は少々お待ちいただけますか、と言い置いて、その客室のオーク製の扉を、緊張の面持ちでノックした。

カイルは眉をひそめ、半歩後ろに控えていたジャンと視線を合わせた。ノックをしたということは、部屋の中に先人がいるということだ。

「誰だ」

部屋の中から、低く響く落ち着いた男性の声が答える。

扉をノックした近衛を観察すると、額に冷や汗を浮かべ、緊張、というよりも若干の恐怖も見えたが、覚悟を決めたようにコクリとつばを飲んでから扉の内側へ向けて「アレスタの赤竜公様ご到着です」と伝えた。

「通せ」

この国の主のような堂々とした応答に、カイルは国王が先んじてこの部屋にいたのかとも思ったのだが、ジャンや部下たちをその場へ待機させ、躊躇《ためら》う近衛を促すようにして二人で部屋へ入った時、窓辺に立つ、カイルよりもなお長身の人物を見て自分の勘違いを悟った。

銀糸で縁取られた漆黒の衣装に身を包み、カイルを一瞥したその男は、外見こそ二十五歳ほどに見えるが、実際の年齢は百歳を超えるとカイルは知っていた。


北の国々を守護する【竜人】、アルファ・ジーンだ。

会うのは初めてだったが、【竜人】たちの髪や瞳は、近づいてよく見れば金属や宝石を思わせる複雑な色の光沢があった。カイルの燃え盛る炎を連想する紅玉石色の髪や、アルファの黒曜石を思わせる瞳は異様にすぎ、普通の人間にはあまりにもふさわしくない色だった。

アルファはカイルが今まで出会ったどんな人物よりも強大なオーラを放っていたが、その堂々とした美丈夫ぶりも人外であった。

安易に近づくことを許さない貫禄や、堂々とした立ち居振る舞い。神話の神々を題材にした彫刻のように、くっきりと彫りの深い顔立ち。

どうやらウェスタリアから招かれた【竜人】はカイルだけではなかったようだ。

「黒竜公……。アルファ・ジーン殿、ですか」

威容に飲まれないよう慎重に聞いたが、相手はチラリとカイルを見やると、すぐに興味なさそうに視線をそらした。

「アレスタのカイル・ディーン・モーガン。噂以上の優男だな」

カイルが反論しようとするより早く、アルファは背後に控えている近衛を睨む。

「俺は用件が片付けば速やかに帰参する。早々にその〝卵〟とやらに対面させろ」

近衛はあからさまに動揺し怯えていたが、さすがにすぐ是とは言わない。

「黒竜公閣下、国王王妃両陛下におかれましては、現在接見公務中のため今しばらくのご辛抱を。まもなくこちらにいらっしゃるはずですので……」

近衛は最後まで言葉を続けられなかった。

「見るだけなら王は不要。挨拶は後でいくらでも出来るであろう」

カイルはジャンと部下たちを用意された客間へ留まらせ、操り人形のようにふらふらと先頭を行く近衛と、その首根っこを掴んでいるアルファの後を一人で追った。

どうも単に脅しているだけではなく、己の強大なオーラを操って、近衛の青年の意識を朦朧《もうろう》とさせているようだ。

(なんて横柄な男なんだ)

カイルは内心でそう毒づいたが、初めて出会う自分以外の【竜人】に圧倒されてもいた。

若すぎて成人にも達していない自分と違い、そこにいるだけで人々に大きな影響を与える、完成した【竜人】だ。

年齢のせいか、やたらと仰々しい喋り方のような気もするが、アルファの落ち着き払った態度にふさわしく、とても自然で不快ではなかった。

黒竜公は国家に縛られないという世界共通の【竜人】に対する条約を最大限に活かし、相手が誰であっても決して態度を変えないと聞いていた。

確かに今のやりとりでの態度を見ると、他国の騎士はもちろん、公務中でこの場にいないとはいえ、ウェスタリアの国主に対する敬意すらもまるで感じられない。

侯爵家の長男に産まれ、【竜人】として以前に、嫡男としての生を余儀なくされている自分とは大違いだと、カイルは若干落ち込んだ。

「こ、こちらです」

城内を延々と歩かされ、階段を上りきった先、塔のてっぺんに近い場所に、その部屋はあった。

兵士が二人、扉の左右を守っていたが、近づいてくる人物たちの正体を一目で察すると慌てて下がる。

「この先に入ることを我々は許可されておりません。【竜人】の方々だけでご入室いただけますか。私はお二人が『卵の君』に面会なさっていると、上官へ報告してまいります」

その上官からの叱責を覚悟しているのか、今にも泣きそうな声でそう言うと、近衛は扉を守っていた兵士たちを伴って階下へと下りていく。

（たまごのきみ……）

語彙的にも面白かったし、〝卵〟を主君のように呼んだこともおかしかった。カイルは微《かす》かに笑ってしまったが、アルファは一切気にかけていなかったようで、とっとと扉をあけていた。

アルファに続き、カイルも戸惑いながら室内へ入る。

部屋の中は午後の明るい光に包まれていて、とても清潔だった。

空気を循環させるためか、わずかに開いた窓から心地よい風が吹き込み、レースのカーテンが揺れていた。

部屋の所有者のためのベッドは王族にふさわしい装飾がなされ、壁際には黒檀の机や椅子、本棚も置かれている。

けれどこの部屋の主にそれらの品物は必要ないだろう。部屋の中央にはまるで玉座のように大きなクッションが置かれ、その真ん中に〝主〟は鎮座していた。

まごうことなき〝卵〟だ。

カイルの予想の〝卵〟は、〝卵〟に似ているだけの、腐敗して黒ずんだ何かだったのだが、青白く輝いて見える〝それ〟は、間違いようもなく〝卵〟だった。

しかも一抱えするほどに大きい。

「これは……」

アルファが呟き、〝卵〟へ近づく。

先ほどまでの自信に満ち溢れた様子からは遠く、指先で〝卵〟へ触れようとして躊躇《ちゅうちょ》し、結局触れないまま手の平を握る。

カイルも〝卵〟へ近づきたかったのだが、何故か体が硬直したように動かない。

自分の体が自分の意思で自由にならないという異常さに困惑したが、その理由に気づいて鳥肌が立った。

（……私はこの〝卵〟に怯えている……！）

とにかく恐ろしかったのだ。

カイルは今までの人生で、何かに怯えて己の意思を変えたことなど一度たりともなかった。

だから体を貫く悪寒が畏怖のせいであるとなかなか気づけなかった。

じっと動かない、生きているのかすら分からない単なる〝卵〟に対し、恐れを感じるなんてどうかしていることも理解していたけれど、竜という野生の獣の本能が、相手が自分よりも遥かに強大な存在であると警告を発している。

アルファを見ると、驚いたことに彼も同じように感じていることが分かった。

精悍《せいかん》な表情を崩してはいなかったが額に汗が浮いていて、見えない手の平でやんわりと押されたように数歩、後じさり、〝卵〟へ視線を向けたまま、カイルを見ずに問うてくる。

「……カイル、そなた、これをどう思う」

「分からない、けれど……ただごとではない」

二人の【竜人】が怯える物体。

けれどカイルは怯えてはいても、その〝卵〟を邪悪なものだとは思っていなかった。

ただただ強大で、計り知れない力を感じた。

己では到底及ばない存在に初めて出会ったせいで、こんな風に畏怖を感じるのだと理解していた。

アルファはカイルよりも早く自分を取り戻したようで、再び慎重に、今度は一歩だけ〝卵〟へ近づく。

「……【竜人】の〝卵〟だと思うか？」

振り返らず青白い〝卵〟を凝視したまま、カイルへ問いかけてきた。

「いや、白竜公も蒼竜公もご健在のはずだ。彼らの身に何かが起きたというような気配も感じなかったし、ありえない」

「だがこの〝卵〟から発せられている気は竜の気配のように思われる。……それにしても尋常ではない力だが」

「あっ、待て……」

カイルが止める間もなく、アルファは指先を伸ばすと今度こそ〝卵〟へ触れた。

そっと、慎重に、優しさすら感じる仕草で〝卵〟の表面へ指を滑らせる。

「心配無用だ。この城の人間が毎日拭いてやっているのだろう。ホコリも一切被っていないし、当然だがひび割れもない。触れても安全だ」

「安全なのは分かっている！　分かっているけれど……！」

〝卵〟から発せられる気を畏怖せずにいられない。この強大な力を普通の人間は感じられないのだろうか。

だとしたらその鈍感さが少々羨ましい。

カイルは落ち着こうと気を取り直し、意識して呼吸をゆっくりにして鼓動をなだめた。

慎重に〝卵〟へ一歩近づく。膝が震えそうになったが、なんとかこらえ、もう一歩。

馬鹿にされているのではないかとアルファを盗み見たが、彼は意外にもカイルを気遣うような表情をしていた。

（黒竜公も同じように恐れている）

自分よりも遥かに長く生きてきた偉大な人物が、未熟な自分と同じように感じていると思うと、さっきよりも安心出来た。

カイルは時間をかけてようやく〝卵〟へ触れられる位置まで近づいて、ほっと安堵の息をつく。

近づけば確かに竜の気配を感じた。

けれど、それはごく微かなもので、竜と識別出来る気配は規格外のエネルギーに埋もれている。

近くでしっかり観察してみると、〝卵〟は微かに光を発しているように思えた。

室内へ陽光が降り注いでいるせいかもしれないと窓を振り返って、もう一度〝卵〟を見る。

「？」

〝卵〟の内側で何か影が動いた気がした。

揺れるカーテンの影だっただろうか。

カイルは確かめるように恐る恐る指先で〝卵〟の表面へ触れた、と、その瞬間、
ピシリ

「っ……!?」

微かな破裂音とともにカイルが触れた場所に亀裂が走った。

「何をしている！」

アルファが血相を変え、慌ててひびの入った箇所を押さえると、今度は亀裂が水平方向へ大きく広がった。

「黒竜公殿……」

「……黙れ」

「どうするつもりですか、これを」

「最初に割ったのはそなただ」

「私が割ったんじゃない、ちょっとひびが入ったところを黒竜公殿が……」

などと【竜人】にあるまじき焦りを含んだ言い争いを行っている間にも〝卵〟の亀裂はみるみる広がっていく。

〝卵〟の上部、三分の一ほどの箇所を横に走った亀裂、今度はその内側から何かに叩かれたように縦にも亀裂が入る。

「……」

「黒竜公殿、これは……少々下がったほうがよくはないだろうか」

「そうしたいのならそうしろ、止めはせぬ」

どうも黒衣の【竜人】は少々意地っ張りで子供っぽい面もあるようだった。

カイルはうるさいほど激しく脈打っている自分の胸を、手の平で軍服の上着を掴むように押さえて無理矢理鎮めた。

声がわずかに震える。

「た、〝卵〟の中身に悪意は感じられないが、どれほどのエネルギーが内包されているか予想しきれない。出てくる時の余波で我々も影響を受けるかもしれない」

アルファは一瞬カイルを睨んだが、それ以上反論せずに数歩下がった。

入り口付近まで二人が下がった時、〝卵〟の表面がパラリと落下し乾いた音を立てた。

一旦崩壊が始まると弾みがついたのか、薄い殻は次々と滑り落ちていく。

息を呑んで二人が見守る中、焦れたように内側から湿った白い腕が飛び出した。

それに伴い〝卵〟の上部がまとめて転がり落ちる。

恐れていたようなエネルギーの爆発は一切なかった。

カイルには、室内に一瞬金色の光が満ちたようにも感じられたが、それも本当に一瞬だったので、気のせいかもしれないと頭を振った。

そんな些細な問題よりも重大な事件が発生していたからだ。

〝卵〟があった場所には、今、一人の子供が眩《まぶ》しそうに眉を顰《ひそ》め、おとなしく座っていた。

濡れた金の髪は、五年間〝卵〟の中に留まっていた年月を物語ってか、細く、長く、華奢《きゃしゃ》な幼子の

体を守るように、あるいは飾るように、黄金の繊細な滝となって白い体へ纏わりついている。

〝卵〟の年齢よりも若干大きく、七、八歳程度に見える子供は、むずかるように目を擦ると、金色の長い睫毛《まつげ》を震わせて、ゆっくり瞼を開けた。


――紫の瞳。


溢《こぼ》れ落ちそうなほど大きなその瞳がじっとカイルを見つめ、それから隣に立つアルファを見た。

アルファは光の化身のような少年と視線が合うと、しばしの間呆然としていたが、やがて震える拳を握り締め、感極まった震える声で囁いた。

「……我が君……」

声を出した本人も自分が何を言ったのか分かっていなかったし、すぐ隣にいるカイルにいたってはアルファの発言そのものが聞こえていなかった。

耳には届いていたのだが、唖然としていたカイルには音が意味を成して届かなかったせいだ。

アルファの声はごく小さな囁きであったけれど、たとえ彼が大声で叫んでいたとしてもカイルは何も反応しなかっただろう。

それほどショックを受けていた。

〝卵〟の成分であるとろりとした液体が子供のすべらかな頬を伝い、細いあごを通ってポタリと落ちる。

二人の【竜人】は呆然と突っ立ったまま動けずにいた。

人類を超越する力を持ち、神とさえ崇め奉られている二人であったが、今、彼らは瞬《まばた》きもせずにただ立ち尽くす以外に動けない、ただの無能者になっていた。

子供のほうも動かないので室内は数瞬静寂に満ちた。


「くしゅっ」


小さなくしゃみの音が、棒立ちになっていた二人を正気に戻す。

アルファはハッとした表情の後すぐに動いた。

一般的な人々の年収よりも遥かに高価な黒絹のマントを素早く脱ぐと、躊躇なく幼子の湿った体を覆った。続けて内ポケットからシルクのハンカチを取り出し、優しく、丁寧に、額へ張り付いた金の髪を拭う。

カイルは子供に触れるアルファの長い指先が微かに震えていることに気づいた。アルファの緊張がカイルにも伝わり、鎮めた動悸がまた激しくなる。

カイル自身は、指先どころか膝も肩も小刻みに揺れ、ヘタをすると奥歯までもがカチカチと音を出しそうだった。

目の前にいる〝卵〟から産まれたばかりの子供に、今まで経験したことのない脅威を感じる。

同時に、初めて身の内を流れる不思議な想いは、この子供を守らねばという強い本能。

命よりも大切なものが目の前にあるという歓喜。

耐えていたが、ついに涙がこぼれ、力の抜けた膝が折れそうになる。

「このままではいけない」

アルファの焦りを含んだ声を聞いて、カイルはかろうじて膝をつかずにすんだ。

見れば、金の髪の子供は寒さに震え、辛そうに眉を寄せている。

カイルは思わず駆け寄って、アルファがしたように、自国の王から賜った赤いビロードのマントを子供の濡れた肩へかけた。

子供が縋るように細い腕を伸ばしてきたので、恐る恐る抱き上げる。

抱き上げてすぐに気づいた。

小さな軽い体は冷えきっていて、必要としている体温にまるで足りていない。今までの人生で一度も経験したことのない焦燥を感じ、カイルは叫んだ。

「アルファ！」

アルファも動揺したように頷く。

彼もカイルと同じく、子供を守らなければという強い本能に動かされているようだった。

「救護の者が必要だ。その子をこちらへよこせ、カイル、近衛を呼んで来い」

しかしカイルはアルファの差し出した腕の中に子供を預けられなかった。

なりゆきでアルファより先に手にしてしまった宝を、もはや一時も離せなくなってしまっていた。

アルファはいらついたようにカイルを睨んだが、幼子の小さな手がカイルの上着を掴んでいるのを見て、諦めたように身を翻す。

「お守りしていろ！」

言われなくても、と、心の中で毒づいて、カイルは子供をぎゅっと抱きしめた。

カイルは、まだ一度も主が使用していない大きなベッドへ子供を抱いたまま腰かけて、アルファのしていたように自分のハンカチを取り出すと、子供の体を覆う水分を拭ってやる。

なめらかなシルクが、そのシルクよりもすべすべの柔肌を傷つけたりはしないかと不安になったが、慎重に、慎重に事を進めた。

「もう大丈夫ですよ」

安心させるためにそう声をかけると、紫の瞳がじっとカイルを見つめ、小さな手が伸びてきて、カイルの頬に触れた。

「……かいる？」

「！」

名前を呼ばれた、と、認識した瞬間、またカイルの瞳から涙がこぼれた。

「……はい……」

まだ寒いのか、震えの収まらない子供を抱きしめて、カイルはこれ以上泣くまいと歯を食いしばっていた。

自分の存在している理由を知った気がした。

【竜人】たちが誰にも膝を屈することなく、かといって孤独に生きるでもなく、この世界や人々を慈しみ助けてきた理由。

「……あなたをお守りするために来ました」

【竜人】はそのために存在していたのだと思った。

【竜人】たちは孤高の生き物などではなく、最初からきちんと主が存在していた。すでに主が決まっていたのだから、他の誰かに仕えられるはずがなかったのだ。

愛しくて、大切で、胸がいっぱいだった。

「これからはずっとお側におります。……我が君……」

子供は少し不思議そうにカイルを見つめた後、コクン、と頷いて、安心したようにカイルへ体をすりよせた。

2話　産まれてきたもの

カイルがウェスタリアを訪れる五年前、大国ウェスタリアの第一王子、ルーク・グラン・ウェスタリアは、王妃である母ジュディスが編み物をしている膝へ駆け寄って、出産予定日間近の丸みを帯びたおなかを好奇心いっぱいに見つめていた。

慎重に母のおなかへ触れ、期待に満ちた瞳で母を見上げる。

「母上っ、ぼくの弟はいつだっこできますか！」

「まあ、ルークったら、産まれるのが弟か妹か、まだ分からないのですよ」

王妃は穏やかに笑みを浮かべ、長男の頭を撫でてやったが、ルークは不満そうに頬を膨らませた。

やんちゃざかりの少年王子にとっては、もしも妹が産まれてしまったら、厄介《やっかい》ごとの種になるとしか思えなかったのだ。

実際ルークの周囲にいる女の子たちは、皆おしゃれでかしましく、ルークにやたらとくっついてきたり、絶え間なくおしゃべりしてきたり、さりとて構ってやらなければ不機嫌になり、とにかく面倒だったのだ。

あんなのが一日中一緒にいるなんて想像したくなくて、もうすぐ出会えるはずのきょうだいは、男の子以外に考えられなかった。

「ぜったい弟です！」

母のおなかを優しく撫でて話しかける。

「はやく出てくるんだぞ」

弟が産まれたら、沢山沢山、一緒に遊んであげるつもりだった。

一人では敵わない、少し年上のいとことの剣術稽古だって、弟と協力して戦えばきっと勝てる。弟と勉強したり遊んだり、きっと毎日が楽しくなるに違いない。


ジュディスに陣痛が始まったのは、その翌日のことだった。

ルークはいつもと様子の違う母を心配し、一緒にいたがったが、父である国王ライオネルは出産のじゃまにならぬよう、妻を助産師たちに任せ、息子を抱き上げて自室へ戻った。

「父上、母上が苦しんでいます。あんなに痛そうな声、初めて聞きました」

弟は欲しかったし、ずっと楽しみにしていたけれど、苦しんでいる母の声を聞いているのはつらすぎる。

もう弟のことは諦めるから、母を守ってあげてほしかった。

「父上、母上を助けてあげてください」

見上げると、いつもは厳しい顔をしている父が、わずかに目元を細め、ルークの頭を大きな手の平で、力強く撫でてくれた。

「ルーク、ジュディスは、母上は、大丈夫だ」

「そうでしょうか……」

「ああ、お前が産まれた時、母上はもっともっと苦しそうだった。出産の時、女性は皆こんな風に大変なのだよ」

「そ、そうだったのですか。女性はすごいですね……」

「だから女性には常に敬意を払うのだ。もし産まれてくるのが妹でも、かわいがってあげるんだぞ」

ルークは驚いた顔をしたが、ぎゅっと唇を噛み締めてしっかりと頷く。

落ち着いた様子の息子に安堵し、父王も頷いて窓辺の椅子へ腰掛けた。

「まだまだ時間がかかる。産まれるのは明日になるかもな」

「明日ですか!?　まだお昼前なのに、ずっとあんな風に苦しんでおられるのでしょうか」

途端に再びルークの顔色が青くなる。

「心配か？」

「もちろん心配です！」

まだ幼い少年王子の瞳が涙で潤んでいたが、ぐっと唇を噛みしめて、なんとか耐えているようだ。

息子の健気な様子が愛しくてライオネルは微笑んだ。

「実をいうとな、ルーク。父はお前のきょうだいが産まれるのが、本当に楽しみなのだ」

めったに笑わない父が笑ったので、ルークは目を丸くしている。

「お前の弟か妹だ。どちらでもきっとすごくかわいいぞ。性別なんかすぐにどうでもよくなる」

いたずらっぽく片目をつむり、ははは、と、今度は声に出して笑った。

「ぼ、ぼくも、ぼくもすごく楽しみです！　でも、ぜったい弟です！」

「そうか、弟か」

ライオネルは目を細めると、息子の頭に手をのせたまま、

「弟だとして、名前は考えたか？」と聞いた。

「ぼくが考えてもいいんですか」

国王は顎に手を当て、少し迷っているようだった。

「ふむ、父はまだ名前を決めかねているから、お前が良い名を考えてくれたら助かる」

「ほんとうに？」

「本当だとも」

ルークは弾かれたように飛び上がり、急いで部屋を出て行こうとして、

「こらこら、どこへ行く」と、父王に止められた。

「図書室です！」

図書室で、弟にふさわしい名前を考えようと思ったのだ。早く考えなければ明日には弟が産まれてしまう。ライオネルは息子が図書室へ行くと言っただけで分かったようで、立ち上がると、執務用の机の引き出しから紙とペンを出して、ルークに渡してくれた。

「では父と賭けだな。お前が弟の名を、父は娘の名を考える。男だったらお前の名前を採用しよう」

図書室で本を積み上げて、ルークは候補の名前を紙に次々と書き記していった。


神話に出てくる神々の名前。

美しい植物の名前。

いつか行ってみたい街の名前。


「『アフラ・マズダー』ってすごく強そうだ！」

異教の神の名前を紙にリストアップしてから首を傾げる。すこし怖そうな響きだと思ったのだ。

将来は自分の右腕、頼りになる相棒、仲良しの友人になってもらう兄弟なのだから、もっと優しい名前がいい。

「『ニンファ』っていうのはきれいかな」

澄んだ湖の岸辺に咲く花の名前だと記載されていた。

「でも花と同じ名前なんて、女の子っぽい」

女の子みたいな名前をつけてしまったら、弟に恨まれるかもしれない。それだけは避けたい。

山になっている本の上へ、さらに本を積み上げていく。やがて本の山はバランスを崩し……。

「うわっ！」

ついにドサドサと雪崩を起こした。

「いたた……」

頭を直撃した一冊の重い本が目の前に転がっている。よい名前は見つからないし、頭は痛いしで、本に八つ当たりして乱暴に山のてっぺんへ戻そうとしたが、それがまだ読んでいない本だと気づいた。

「星の本かあ」

沢山の星座や、それにまつわる昔話。ページを開き、名前を考えることも忘れて夢中で読んでしまった。だが読み進むうち、ついにルークは弟にふさわしいと思える名前を見つけた。

幾千幾万の星々の名の中で、その名前だけが、ルークには輝いて見えたのだ。


「父上！　父上！」

弟の名前をようやく決めたルークが、本を抱えて部屋へ戻ると父はそこにいなかった。

代わりに乳母が王子の戻りを待っていてくれた。

「……父上は？」

「ルーク殿下、お母様とお父様がお待ちですので、こちらへ」

いつも明るい乳母の表情が深刻だったので、ルークは急激に不安になった。それにもしも赤ん坊がすでに産まれているのなら、父はきっと図書室までルークを迎えに来てくれただろう。

ルークは乳母に手をひかれ、父と母の待つ部屋へと案内された。

「……これ？　弟？」

「妹かも」

王妃ジュディスはベッドへ横になったまま、不思議そうに眉を顰める長男へ微笑んだ。

まだ出産の疲労が残っているようで、汗で髪が額に張り付いている。王は妻の手を握りながら、自分を見上げてくる息子へ頷いた。ルークは眉を寄せて、赤ん坊用のベッドへ安置されている、〝それ〟に近づく。ちょうど赤ん坊の頭ぐらいの大きさのそれは……。

「……たまごみたいに見えます」

そう言うと、ジュディスは困ったように笑って言った。

「〝卵〟だもの」

「おなかの中から出てきたら会えるんじゃなかったのですか？」

「〝卵〟で産まれてきたかったみたい。でも中でちゃんとお兄様の声を聞いていますよ」

「そうなのですか……？」

青白く光っているようにも見える、つるつるとした大きな〝卵〟。

「でもぼく、顔が見たかったなあ」

〝卵〟へ手を伸ばしても怒られなかったので、そのままそっと触れてみた。

冷たいような、あたたかいような、不思議な温度。ニワトリの卵のようなざらざらした表面ではなく、陶器の皿のようになめらかだ。

「……弟ですよね」

いつの間にか父が隣に立っていたので聞いてみた。

「弟の名前を考えたか？」

「はい」

すべすべの〝卵〟に頬をつけて、ルークはそっと名前を呼んだ。

「『シリウス』」

星は夜空に何億個もあるけれど、その中で一番、明るく輝く星だと書いてあった。

弟の名前にふさわしい。

「出てきて、兄上と遊ぼう」

はやく君に会いたいんだと〝卵〟に囁いて、その〝卵〟を傷つけないよう慎重に撫でた。

きょうだいと出会えたら、そうしてあげようと、ずっと思っていたように。

母上が〝卵〟を出産なさってから五年の月日が流れ、私はついに待ち望んでいた弟との対面を果たした。

待ち望んでいた、などと言葉で言うのは簡単だが、実際はこの五年間、毎日毎日、私も、父上も母上も、城内の人々もずっと心待ちにしていた。

〝卵〟を磨き、話しかけ、いつか来る日のために、部屋の調度を揃えた。けれど〝卵〟は何の変化も見せなかったのだ。

それが今日、ついに、何の前触れもなく突然に、〝卵〟が割れたという。

連絡を受け、政務を放り投げて駆けつけた部屋で初めて弟を見た時、私は息を呑んだ。

——天使だ。

金の髪はそれ自体が光を放っているように輝いて見えたし、紫色の瞳はアメジストより何万倍も美しい。

部屋の真ん中に裸足のまま自分で立って、乳母や護衛に囲まれた子供。

着せられている服は、膝まである真新しい白いシャツだったけれど、急遽用意したためサイズがなかったのか袖もあまってブカブカだ。

外見は、七歳か八歳ぐらいで、〝卵〟の産まれた日から数えたよりも年長に見える。

華奢な子供は私へ紫の大きな瞳をひたと向けて視線を外さない。

私も目を逸らせなくなってしまった。

私はもっと近くで天使を見たかったのだが、小さいくせにどこか安易に近寄りがたい高貴さがあって動けない。

「この子がそうなのか……？」

かろうじて声を絞り出す。

じっと私を観察していた子供だったが、私の声を聞くと、何かに気づいたようにパッと笑顔になり、呆然と突っ立っている私に向け「あにうえ？」と、かわいらしい声を出した。

天使が、私を『あにうえ』と呼んだ。

「まいにちぼくに、ごほんをよんでくださったでしょう」

そう、私が城に滞在している日は、かかさず〝卵〟へ向けて本を読んだり話しかけたりしていた。

周囲の人間には、やんちゃがすぎるだの、勉強をもっとしてくださいなどと言われてしまっている私の、大事な大事な秘密の日課だったのだ。

天使の紫の瞳がキラキラ輝いている。

吸い込まれるようにふらふらと近くへ寄ると、ぎゅっと腰を抱かれてしまった。そうして私の腰へ抱きついたまま、ちょっと不安げに見上げてくる。

「あにうえですよね?」

うおお。

うおおおおお。

なんてかわいらしいんだ!

あの白い〝卵〟の中に、こんな素晴らしい天使が入っていたなんて! 期待してはいたけれど、予想よりも何倍も、何十倍も、何百倍も、かわいらしいじゃないか!

こらえきれず抱き上げて、ぎゅっと抱きしめてしまった。こんな、金色の天使のような子が弟!

「ん?」

弟だよな?

改めてじっくり見ても、きょとんとしているその子はただただ美しく愛らしいばかりで、性別を感じさせない風情なせいで男の子なのか女の子なのか、よく分からない。

すると、いつの間にか室内に入っていらっしゃっていた父上が、苦笑するように私の背を押してくれた。

「賭けはお前の勝ちだ。その子はお前のシリウスだよ」

歓喜が私の胸を満たした。

この際、無事に産まれてくれたらもう妹でも弟でもどっちでも良かったけれど、毎日語りかけていたのは『シリウス』という私がつけた名前だったので喜びも一層だ。

父上は満足げに微笑む。

「実は私もジュディスも〝卵〟に語りかける時は『シリウス』と呼んでいた。きっと我々は〝卵〟の中身が男の子だと、不確定ながらもなんとなく察していたのだろう」

シリウスは不思議そうに首をかしげ、私の顔を覗き込んでいる。思わず、もう一度、私の天使を抱きしめた。


家族と城内の人々にとって歓喜に満ちた一日だったが、唯一、空気を読まない【竜人】たちが邪魔だった。

とにかく弟から離れようとしない。

竜だか神だか知らないが、シリウスを主君と言ったり我が君と言ったり、自分らは護衛だと言い張ったり。

頭がおかしいとしか思えない。

シリウスは私の大事な弟だし、【竜人】に名乗り出てもらわずとも、守護してくれる騎士や近衛なら城内に沢山いるのだ。

「護衛なら十分間に合っている」

空気を読めといっても無駄なようだったので、私は事実をきっぱり告げた。

父は国王という立場上、【竜人】たちに直截《ちょくせつ》な物言いができないだろうから、私が弟から彼らを遠ざけてやらなければ。

室内に私と【竜人】二人が放つ不穏な空気が満ちた。

赤い髪のカイルという青年は、私と年がほとんど変わらないくせに実に図々しく、私の話をまるで聞かない。

見た目はいかにも女たちにモテそうな美形で、薄い腰とスラリとした長い足が嫌味だ。耳元でささやけば老若男女問わず蕩《とろ》けてしまうだろう若々しい美声で、

「シリウス様は私のご主君だ。離れる時は死ぬ時以外にない」などとのたまうのだ。

深い赤の瞳でうっとりと弟を見つめている。

……こいつ絶対何かの病気だ。

さもなくば変態だ。

だってこいつとシリウスは、ついさっき出会ったばかりなのだ。ほんの数時間前じゃないか。

それでどうしてこうなる。

離れる時は死ぬ時以外にないとか言って、数時間前までは存在も知らなかったくせに。

しかも家族や私よりも前にシリウスと出会い、あろうことか産まれて最初の言葉を交わしたというのだから余計に腹立たしい。

隣国アレスタの赤竜は、常に冷静沈着で、見た目は炎、内面は氷と聞いていたのに、今は見た目も中身もトロトロの水あめでしかない。

噂というのは実にあてにならないものだ。

もう一人、鋼を連想させる黒い髪のアルファという青年は、さらに厄介だった。いかにも軍人といった風情の凛々しい長身の男は見た目二十五歳前後だし、悔しいが私よりも精悍で男前だった。この男が噂どおりの畏怖されるべき人物だったなら、私の目標になっていただろうことを思うと実に惜しい。

実際の年齢は百歳を超えているという。

百歳！　普通の人間ならとっくに土の中じゃないか。

年齢だけで十分化け物だ。

我が国の最高齢、城下町のノーラばあを先日長寿の功で表彰したが、彼女は九十六歳だぞ。それをふまえれば、このアルファとかいう男は青年どころか老人だ。

しかも、百歳を超えているというだけで、実際は二百歳や三百歳かもしれないというのだからますますありえない。

そのありえない男が、無言のまま弟の隣に立ち、時折いかにも満足げに、シリウスに向け優しく微笑んだりするのだから不気味だ。北の国を守護する黒竜は、その雄大な姿を遥かな過去に何度か人々に晒し、畏怖と尊敬の対象だと聞いていた。

黒曜石のように輝く鱗はダイヤモンドよりも硬く、咆哮一つで山が消し飛ぶという。

物語や言い伝えに出てくる【竜人】は、誰にも媚びず、生涯主君を持つこともなく、決して誰にも膝を折らない、孤高の神のような生き物だという話だったのに、出会ったばかりのシリウスに躊躇なく忠誠を誓っているあたり、やはり噂はあてにならない。

神どころか、何を言っても他人の家から出て行かないただの厄介者じゃないか。


ところで天使のような弟を真ん中に、さっきから私と二人の【竜人】で、何を言い争っているかというと、それは弟の今夜の寝所についての問題だった。

「シリウスは〝卵〟の頃からずっと、夜は私が本を読んでやっていたのだから、もちろん今夜も一緒だ。〝卵〟から出てきたばかりで不安だろうし、私の部屋で休ませる」

私が反論のしようのない正当な主張をしても、

「人間だけでは我が君をお守りするのに不足だ。どの部屋でも、他に誰がいても構わないが、俺は必ずお側へいさせていただく」

アルファは眉一つ動かさず、恐ろしいことを言う。

つまり、例えば私がシリウスと寝る場合は、こいつも一緒に部屋へ入ってくるということだ。

「させていただきたい」ではなく「させていただく」と、勝手に確定しているあたりもありえない。

こいつと一緒の部屋にいたらどんなに神経の太い人間だって眠れないだろう。

というか、こいつ自身は眠らないつもりなのか？

もちろん私はさらに正しい主張を行った。

「城の中は安全だ。【竜人】の守護など過剰にして無用」

すると今度は赤い髪のカイルが、

「安全かどうかが問題ではないのだ。私も主君の側を離れるわけにいかない」

またそれか！　離れない離れないって、同じ言葉ばかりを繰り返してこいつらなんなんだ？

私は段々イライラしてきた。

しかもカイルはまたしても、うっとりとシリウスを見つめている。やはり変態だ。

私は普段多少ハメをはずすこともあるが、【竜人】たちを前に、今まで礼儀正しく冷静であろうとしてきたし、伝説の中で強く美しく高潔だという彼らに憧れ、尊敬し、畏怖もしていた。

もし万が一、彼らに出会えるような好機があったなら、その得がたい機会にどんな話をさせていただこうかと夢見たものだ。それなのに現実はというと、初めて出会った【竜人】たちと、喧々囂々《けんけんごうごう》言い争っている。

……どうなっているんだ、これは夢か？　それとも幻《まぼろし》のように美しく愛らしい、私のシリウスこそが夢なのか？　ううむ、訳が分からなくなってきた。

私たちの真ん中で三人の顔をくるくると興味深げに見回しているシリウスだけがずっと静かだったのだが、言い争いも段々昂ぶってきたあたりで初めて発言した。

「かいる、あるふぁ」

まだうまく回らない舌で、愛らしく懸命に呼びかける声に、全員がぴたりと黙る。

「いま、ごえいはいらない。それに、あにうえとけんかしたら、かなしいよ」

幼い声で、けれどもきっぱりと、そう宣言する姿は、まさしく【竜人】たちの主君だった。

なにせ、私がどれだけ弁を振るっても一切耳を傾けなかった彼らが、深刻な顔で黙ったからだ。

ざまあみろ。できればもう少し早くこいつらを黙らせてほしかったが、今日産まれたばかりのかわいい弟にこれ以上を求めてはいけない。

私は勝ち誇って胸をそらしたが、【竜人】たちの表情を見て、途端に気分がしぼんだ。

カイルは叱られた子犬のように、見るからに消沈していたし、アルファは困惑してうろたえた表情を隠さない。

なんだか急に気の毒になってくる。

「シ、シリウス」

私はしゃがんで弟の頭を撫でた。

「カイルとアルファには、部屋の外を守ってもらってはどうかな」

「おへやのそと？」

頷いてやり、扉を指差す。

「今だって、扉の外側には近衛の騎士が立ってくれているだろう？　それをアルファとカイルにやってもらったら？」

シリウスは己の臣を勝手に主張する男共を交互に見て、彼らが縋るような目つきをしているのを確認しているようだった。

「けんかしない？」

コクコクと頷く二人。

「ちゃんとこうたいでねるならいいよ」

ほーっと、二人の安堵の吐息が室内へ大きく響いた。

いや、思わず私も同時に息をついたから、三人分だ。

ふふ、何はともあれ、シリウスは今夜私と一緒だ。正義の勝利だな。

「……」

勝利した私をシリウスがじっと見つめている。

「……あにうえ」

「何だい？」

抱き上げると、シリウスはちょっと困ったように、ぽよぽよの眉を寄せ、衝撃の一言を放った。

「……あのね、ねるときはあにうえのおへやじゃなくて、じぶんのおへやで、へいきだとおもう」

「!?」

かくして我々は、いろんなものを少しずつ譲歩し合い、それぞれが微妙に勝利を手に入れた。

カイルとアルファは交代でシリウスの部屋の扉を守る権利。私はシリウスの部屋で本を一冊読んでやる権利。

今日のところは痛み分けだったけれど、明日からは弟を独占してやろうと、私は心の中でひそかに決意した。

〝卵〟からかわいらしい少年が出てきた日の大騒動を、カイルはほとんど記憶していない。

ただ自分がどんなに大切なものを手に入れたのかを実感して呆然としていたことは覚えている。

隣に立っていた、出会ったばかりの漆黒の髪を持った美丈夫、黒竜アルファも、カイルと似たり寄ったりの状態だったことも。


しかしそれ以外のことは、夢の中の出来事だったかのように朧《おぼろ》げにしか思い出せなかった。

国王夫妻と重臣たちは、国賓であるカイルとアルファをとりあえず客室へ休ませようとしたが、二人は頑としてシリウスの側を離れない。

ウェスタリア国王ライオネルは、我が子が身にまとっている【竜人】たちのマントに気づいて弁償を申し出たが、【竜人】二人はそれも拒んだ。

アルファはさすがの年の功か、呆然とした状態からカイルよりも先に脱し、この国に来た時と同じ威厳ある表情で、重々しく、きっぱりと宣言した。

「そのマントは俺から我が主君への最初の献上物だ。よって返却も弁償も無用」

「主君!?」

その場にいる全員が唱和し、つい一緒になって唱和してしまったカイルも慌てて居住まいを正すと、ごまかすように咳払いをしてから宣言しなおす。

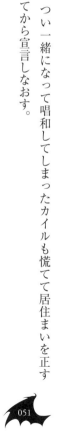

「あっ、ええと。……わ、私のマントも同様だ。賜りもので申し訳ないが、我が君へ」
「我が君」と声に出して、カイルは改めて喜びが全身を駆け巡るのを感じた。

（我が君）

（我が君）

ああ。

心の中で繰り返して嘆息する。

ウェスタリアの人々が半ば呆れ、半ば唖然とした表情でカイルを見つめているのにも気づかない。

あの金色の髪の少年を守ること、それが自分の全てだとしみじみ実感していたためだ。

カイルはシリウスの側を一時も離れたくなかったのだが、今は少しでも親子水入らずの時間を差し上げてくださいとウェスタリアの重臣たちに訴えられ、さらにはジャンや自分の部下たちにも説得され、どうにも引かないわけにいかなかった。

なにせウェスタリアの人々は五年もの間、ずっとシリウスの誕生を待っていたのだ。

親友のジャンは友人の変貌ぶりに心から驚いていたようだが、カイルが明らかにいつもと様子が違うので、その場で深く事情を聞いて来ることはしなかった。

一方、アルファはどのように説得されても、自分は護衛だ、と、なかなか下がろうとしなかったが、国王夫妻に重ねて請われ、しぶしぶ、本当にしぶしぶと、少しの間だけ、と、条件をつけて、自室へと割り当てられた客間へ下がった。

アルファにとっては国王の地位も権力も、一切顧みるべきものではなかったが、親子で過ごしたいと両親から願われては、その想いを無下にできなかったのだろう。

カイルも用意された部屋でようやく落ち着くと、これからどうやって主君とともに居続けられるか思案し始めた。

ほんの数日の滞在のつもりで隣国を訪ねたはずなのに、今ではすっかり永遠にここへ留まる心づもりなのだ。

ありえない、という感情すら湧かないほど、カイルには至極当然の決断だった。

知らないうちに魂へ刻み込まれていた主人を守るという本能へのスイッチが完全に入ってしまっていた。

【竜人】は生涯主君を持たないとされていたが、その理由も改めて自分の中で決着がついていた。

主君として存在しているシリウスという少年に出会えたか否か。それだけの簡単な理由だ。

この世界にたった一人、唯一無二の主と出会えなかった【竜人】たちは、自分でも生涯使用しないような過剰にして強大な力と、親しくしてきた友人たちを次々に見送らねばならぬ長命とを持って、さぞかし孤独であったに違いない。生きているうちに主人と出会えた自分の幸運に胸が熱くなる。

けれども実際問題として、自国で待つ両親や、所属している騎士団のことは簡単に解決できないだろう。

カイルは【竜人】であったから、他の騎士たちのように国へ忠誠を誓うことはなく、騎士団へは形だけの在籍であったが、侯爵家の長男として祖国アレスタを守護しながら生きると、周囲も、カイル自身も思っていた。

【竜人】としては自由を約束されていたが、侯爵家長男としては違う。

軽い理由で国を捨てた、などと誤解されることは、生真面目なカイルにとって非常に不本意であった。

「ジャンに相談してみるか……」

信頼出来る友人だ。ジャンは他の同行者たちと一緒に客室で待機してくれていたが、カイルはシリウスと別れるまでの数時間、彼らのことをすっかり失念していた。

悪気があってのことではなく、人生がひっくり返るような大事件に対して、物事を多方面に見ることができなくなっていたからだ。

「よう、やっとお戻りか」

ジャンは客室のベッドへ寝転がったまま、入室してきたカイルに片手を上げた。

ジャンはカイルの幼馴染で親友だ。

【竜人】であり、有力貴族の長男でもあるカイルと、平凡な貴族の、それも五男のジャンとでは、本来かなり身分に差があったが、カイルはそんなことを全く気にしないし、ジャンも鷹揚《おうよう》な人物だったので気が合った。

士官学校でも同級生で、今回のウェスタリア訪問の話も「早ければウェスタリア到着当日のうちに仕事は終わる」と誘われて、観光気分で気軽に付いてきた。

仕事が早く終わるようなら、視察という名の観光、……多少は息抜きに遊びに出てもよいだろうと。

それなのに、カイルは一人で『極秘の依頼』とやらを片付けに出かけ、行ったきりなかなか戻ってこなかった。

他の騎士たちは、気ままなジャンとは違い、異国の城の中という場所に緊張しているのか、それとも騎士という職業柄からか、用意された夕飯をきちんと平らげ、テーブルで談笑しながら、おとなしく待っていたようだった。カイルが戻ったことに気づくと軽く会釈して迎えてくれた。

カイルが座ると、待っていましたとばかりにジャンが身を乗り出してくる。

「で、どうだった？　極秘の任務のほう、解決したのか？」

「そのことなんだが……」

さすがのカイルも言い難い。

このまま一生帰らない、とは。

「……私はしばらくここに残らなければならなくなった。申し訳ないが先に帰国してくれないか」

「……はぁ!?」

これにはジャンも同行の騎士たちも仰天した。

そもそもカイルはいつもと違った雰囲気で、なんだかふわふわと夢見るような表情をしている。

「……オレは別に帰っても構わないんだが、後が面倒そうだなあ。……それでお前はいつまでこっちに残るつもりなんだ？」

「……」

「何だ、はっきり分からないのか？」

「いや、分かっている……」

だったらちゃんと言えと、ジャンが突っ込む前に、カイルは覚悟を決めたのか、急に真面目な表情になって、きっぱりと言った。

「我が命、尽きるまで」

カイルの言葉を聞いたジャンはベッドから転がり落ちそうになった。

まじまじとカイルの顔を見つめると、親友は今まで見せたことがないような、キラキラした目で頷いて、もう一度、

「死ぬまでここにいる」

と、幸せそうにはっきりと言いきった。

秀麗な顔に微笑が浮かんでいる。

普通の女性であれば一発でノックアウトされてしまいそうな、純粋な喜びに溢れる、たまらなく魅力的な微笑だった。

だがジャンは幸いというか、カイルの美形は見慣れている。

ノックアウトされない代わりに呆れ返り、続けて不安になってきた。

一人で出て行っていた間に何があったのかは分からなかったが、どこかの貴族の娘に一目惚れでもしてしまったのだろうかと眉を顰めた。

そもそも、カイルは出発当初からこの隣国訪問に気乗りしていない様子がありありだった。送られてきた手紙を読んでは溜息をつき、憂鬱そうな顔をしていたのに。

「おいカイルお前、死ぬまでここに残るとか、さすがにそれはないだろ」

「ないかな」

カイルらしからぬとぼけた答えに、その場の全員が「ないない」と心中で深く頷いている。

「とにかく事情を話してみろ。話せる範囲でいいから」

ジャンはベッドから下りて、代わりにカイルを座らせ、その正面へ椅子を引きずってきて腰掛けた。

するとカイルはおとなしく首肯して話し始めたのだ。

「私は出会ってしまったんだ」

やはり原因は女だったかとジャンが身を乗り出す。

カイルはルビーのような瞳を微かに潤ませているように見えた。

何か薬でも盛られたのではないかと、ジャンの中でどんどん不信感が増していく。

「なあカイル、【竜人】が妻帯した話は聞かないが、好きな娘でも出来たんだったら、アレスタへ連れて帰ればいいじゃないか」

「……っ！」

途端にカイルは頬を赤くし、ぶんぶんと首を振った。

やや癖のあるさらさらの赤い髪が、キラキラ光りながら炎のように激しく揺れた。

「ち、違うのか？　じゃあ、何と出会ったんだよ……」

親友が何を考えているのか全く分からず、ジャンはなんだか疲れてきたが、カイルはいたって元気いっぱいに、

「私の主となるべき人物と！」

まさに至上の喜び！　という表情でキッパリ宣言した。

これには部屋にいた全員が仰天した。


カイルは【竜人】であり、ジャンや騎士たち――人間とは根本が違う。

【竜人】は本能によって主君を持たず、自分の上に誰かを置いたり、誰かの命令に従ったりすることはない。

決して、ない。

これは子供でも知っている創世の時代から変わらない絶対の理であり、もしもこれが破られたなら、世界は大混乱に陥るに違いなかった。

【竜人】の力は絶大、強大にすぎるためだ。

救いは【竜人】たちが私欲で力を使うことが決してなかったことだ。

【竜人】がどこの国家にも個人にも従わないことで、世の中の均衡は保たれている。

その【竜人】カイルが、主人を見つけたと言い放ったのだから、これは歴史を揺るがす大事件だっ

た。

言葉もないジャンや騎士たちの様子に気づいたのだろう、カイルは彼らに対して少々申し訳なさそうな顔をした。

「黒竜公……。アルファ・ジーンもここに残る」

「……まさか……!?」

「ああ、彼も一緒にお仕えする。我が君に……」

もし本当にそんなことになったのなら、ウェスタリアは世界を支配下に置くことも可能だろう。

「アホ！」

ジャンはついに立ち上がって本音を叫んでしまった。

「カイルよく考えろ！　何がどうなってそんな風になっちまったのかは分からないが、そんなことになったら他の国も、他の【竜人】も黙っていないぞ！　つーか薬でも盛られているんじゃないのか!?」

「おい、私は正気だぞ。それに……」

カイルも立ち上がって、親友を落ち着かせようと、ジャンの肩へ手を置いた。

「お前が心配しているようなことは何もない。私が忠誠を誓ったのは、今日お産まれになったばかりではあるが、私たちと同じ【竜人】だ。……たぶん」

カイルは安心させようとそう言ったのかもしれないが、ジャンや騎士たちはますます混乱していた。

とにかく全てがありえない。

「お前、本当に大丈夫か？　今確認されている【竜人】は四人とも健在だろう？　今日産まれるはずがないじゃないか！　あと、たぶんって何だよ！」

「うん……」

カイルもそのことを疑問に思っているのか、少々戸惑ったような顔をしていた。

「きっと、本来は五人なんだ。主が一人と、その僕《しもべ》が四人……」

などと言い出す始末。

カイル以外の人間は全員が唖然としたまま顔を見合わせた。

ジャンも混乱が極まってしまい、天井を仰いで目を閉じ深呼吸した。

夢でも見ているのかもしれないと自分を疑い、夢だったら早く覚めてほしいと願ったが、同じように思ったのだろう部下の一人が、自分の頬を思い切りひねって悲鳴を上げていたから、残念なことに現実のようだった。

ジャンは仕方なく、どうにも正気とは思えないカイルを質問攻めにした。

ありとあらゆる重要な疑問に答えが必要だったからだ。

いくらジャンがお気楽極楽で有名な貴族の五男坊であったとしても、看過できないものは存在する。

話し合いは平行線で、ここに残る、いやそうはいかないだろ、の応酬だ。

一通り話し合った後、疲れ果てたジャンは、おそらく今までの人生で最大の溜息をついた。

「……それで、お前は意地でもここに残ると言い張るが、国やお前の両親への事情の説明やらなにやらは、ぜーんぶオレらに任せるつもりなのか？」

「いや、それは……」

「オレたち、さぞかし叱られるだろうなあ、懲罰はもちろんだろうし、ヘタすると騎士団もクビかも」

大げさに言ってみたつもりだったが、よく考えてみたら、大げさでも何でもなかった。

もし本当に、国の宝である赤竜公カイルを置いて、このまま自国へ帰ってしまったら、ジャンも騎士たちも、アレスタの国民から国賊級の非難を浴びるだろう。

数日遅れて帰国するというのならともかく、恐ろしいことにカイルはもう一生帰らないと言いきっている。実際には国賊級の罰を受けなかったとしても、国民にとっては十分に国賊に値する罪人に見えるはずだ。

【竜人】という生き物は、個人であると同時に、国家にとって絶大な戦力でもある。

そこにいるというだけで、重要な抑止力であったからだ。

戦争をしている国は世界中に存在しているけれど、【竜人】が在籍している場所では戦争が起きない。

それは何故かといえば、国中の兵士を集めても、【竜人】一人に敵わないのが現実だからだ。

ジャン自身は、【竜人】の実力を物語や伝説でしか知らなかったし、カイルが『絶大な力』というものを実際に振るっているところも、それどころか竜になっているところも見たことがなかった。

ここへ来るまでのように盗賊に襲われたりすれば、当然カイルは普通に戦ってくれたし、誰が相手でも全く話にならないぐらい、恐ろしいほどに強かったけれど、そこで振るわれる力は、国中の兵士を一掃出来るようなものではなかった。

もちろん、カイルはそこにいるだけで只者ではない雰囲気に溢れていたので、【竜人】の伝承に多少の誇張はあったとしても、本気を出せばかなりのことが出来るのだろう。

ジャン個人は、一国の軍勢が、【竜人】一人に敵わないというのは、さすがに大げさなんじゃないかと思っていた。

だが信心深い兵士や、一般市民たちは信じている。

赤竜公が自分たちの国にいてくれる。

それがどんなに救いになっているか。

その赤竜公が、何でもない親善の用事で隣国へ出かけて行ったと思ったら、それっきり二度と帰らず、ジャンや騎士たちだけのんきに帰ったとしたら……。

想像しただけで鳥肌が立ち、ジャンは身震いした。

なんだか自分も国へ帰りたくなくなってきてしまう。

ジャンが諦めず説得を続ける間、カイルは深刻な表情で項垂《うなだ》れていたが、一つ頷いてから決意を込めて頭を上げた。

「分かった……」

ようやく分かってくれたかと、皆の顔に希望が浮かぶ。

「とりあえず、一週間ウェスタリアへ滞在した後で一度アレスタへ帰る。それならギリギリ許容範囲だろう？」

「……一度、って、またここに戻るのか？」

「当然だ」

当然と言われ、再びジャンや騎士たちは困惑顔だ。

「本当は一時もここを離れたくない……」

「おいおい……」

とはいえ、ジャンたちにとって、先ほどまでの展開よりも幾分マシだった。

一週間の滞在の間にカイルを説得出来るし、もし自分たちがここで説得しきれなかったとしても、一旦アレスタへ帰ってくれるなら、その時カイルが自分で各方面に事情を説明するだろう。

その時に説得役をやるのはジャンや騎士たちではない。

国賊になってしまうのはなんとか免れられそうだった。

とりあえず今日はこれ以上の説得は無理と見て、ジャンは部下たちを解散させて、カイルと二人で部屋へ残った。

用意してもらったワインをあけて、グラスへ注いで差し出してやる。

「ほれ」

「いや、いい、仮眠をとったらまた主人のもとへ戻るから」

「マジかよスゲエな……。……まあいいから一杯だけ付き合え」

ジャンが真面目な顔で言うと、カイルは苦笑しつつも受け取った。いつものカイルだ。

「すまない、ジャン」

「全くだ。本当に、どうかしているぞ」

カイルの赤い髪、炎のように複雑な色。

ジャンはこのカイルだけの色を目にするたび、密かに見とれていたけれど、今日はいつもよりもその髪の赤が、鮮烈に輝いていているようにも見えた。おそらくそれは気のせいではなくて、カイルが心の底から充足している証拠なのだろう。

「……お前、皆を説得出来ると思っているのか?」

説得しなければならない相手は、カイルの両親である侯爵夫妻に、カイルの親戚であり、親しくもしている国王一家。

その他にも騎士団のお偉方や政治家の面々。

誰一人、カイルの引越しを許可しないだろう。

だがカイル本人は全く不安を感じていないようだった。

「他の人間なんかどうでもいい。ジャン、お前はどうなんだ。お前も私を許さないのか?」

「オレは……」

ジャンは年代ものの高級ワインを、味わいもせずに呷《あお》る。

「……カイルが本気なのは十分に分かった。だからお前がそうしたいなら国を出る手伝いをしたっていい」

発言してから、眉間に皺を寄せる。この発言だけで反逆罪に問われるかもしれないと気づいたからだ。ジャンが苦虫を噛み潰したような顔をしたのと対照的に、カイルはフワリと笑った。

その穏やかで嬉しそうな笑みを見たせいで、ジャンは力が抜けてしまった。

「ジャン、私はその言葉だけで十分だ。だから手伝いは無用」

「でもカイル、きっと誰もお前が国を出る許可を出したりしないと思うぞ……」

「許可などいらない」

カイルはキッパリと言うと、さっきまでの柔らかな笑みではなく、形の良い唇の片方をあげて、不敵な笑みを浮かべ目を細めた。

「お前は忘れているかもしれないが、私は【竜人】なんだ」

「いや、忘れちゃいないが……」

「どこにだって行ける。なんだって出来る。誰も私の意志を妨げられない。……出来るとしたらそれは我が主君、シリウス様だけだ」

目が据わっていて、カイルが完全に本気なのだと窺わせた。

「なあ、ジャン、お前、【竜人】に関する伝説や物語は、どこまで本物だと思う？」

据わったままの目でジャンへそんなことを問うてくる。

赤々と燃える目が宝石のように光った。

ジャンは答えられずに唾を飲み込んだ。

ワインをグラスに一杯だけ飲むと、カイルは自室にと割り当てられた部屋へ、仮眠のため戻って行った。

結局ジャンはカイルに答えられなかったが、カイルは部屋を出る前にこう言った。

「……伝説を事実にするのは簡単だ。その機会がないだけで」

扉をあけて、振り向かない。

「アレスタは私の故郷だ。愛しいと思っているし、感謝もしている。だが、私は自分の生きる道を見つけた。……誰にも妨げさせない」

ジャンは空になったワイングラスを手に持ったまま、カイルが出て行った扉を見つめているしかなかった。

浴びるほど飲んでしまいたい気分だったが、同時に、これ以上一滴も酒を飲みたくないとも思った。

挿話〝卵〟の中で

カイルとアルファがウェスタリアへ到着する少し前、楕円形の器の中で、兄によって『シリウス』と名づけられた生命体は、自分に与えられた狭い空間にすっかり満足していた。白い壁を通して見える影のような風景、語りかけてくれる声、日が昇ると明るくなり、日没とともに暗くなる、非常に平和でゆっくりとした時間。

ちゃんと目は見えていたし、耳も聞こえていた。

壁に触れてくる手が、皆愛情に溢れていることにも、気づいていた。

毎日だれかがやってきて、必ず一度は語りかけ、触れていく。特に壁の向こうが暗くなった時間にやってきて隣に座り、長い時間一緒にいてくれる影を、シリウスは楽しみにしていた。

「やあ、シリウス、兄上だぞ、今日はどの本がいい？」

シリウスも、壁の中から『あにうえ』をじっと見る。

「そうだなあ、野生のオオカミと仲良くなった、森の中に住む男の子の話にしようか」

『あにうえ』が近くに座って、本を開く音。

そうやって毎日毎日、本を聞かせてもらううち、シリウスは自然と言葉を覚えた。

それまでは単なる音にすぎなかった人々の声が、シリウスにちゃんとした意味を持って届く。

朝には壁の外側を、そっと拭ってくれる女性の声。

「さあ、乳母やが今日も綺麗にしてさしあげますよ」

そう囁きながら、布を使って壁の向こう側を丁寧にまんべんなく拭いてくれる。

外の光が段々と眩しくなってくると、朝とは違う女の人がやってくる。

「シリウス、まだ出てこないの？　お母様も、お父様も、早くあなたに会いたいわ」

そう言いながら、優しく、愛情の籠もった手で抱きしめてくれる。


『あにうえ』が帰った後、毎日ではないけれど、数日に一度、男の人もやってきた。

その人はあまり話しかけたりはしてこないけれど、いつも壁の表面をごしごしと撫でた。

力強いけれど、決して傷つけようとはしない。

時々、ノックするように軽く叩かれることもあった。

「おい、ねぼすけ、ちゃんと元気か？」

そう言って少しの間返事を待った後、そっと部屋を出て行く。

毎日毎日彼らに話しかけられるうち、シリウスは彼らに直接会いたくなってきた。もう言葉もすっかり分かるし、彼らが何を望んでいるのかも知っている。

ここから出たら、きっと皆、喜んでくれるはずなのに、内側からはどんな風にしても壁を壊すことができない。

せめて同じように声を返せたら、と思っていたけれど、液体の満たされた壁の中ではどうやっても声は出せなかった。

思い切って壊してくれて構わないのに、どうやら外からは壁を壊す気がないらしい。

みんなに会いたい、壁を壊してほしい。そう考えても気持ちは全然伝わらず、外側の人々は辛抱強く、シリウスが出てくるのをひたすら待つつもりのようだ。

シリウス自身は自分が壁を壊せない理由をなんとなく分かっていた。

(ぼくをまもってくれるひとがそばにいないとでられない)

それは、父上でも母上でも、大好きな兄上でもなく、もっと、特別な、もっと強い人。

(はやくこないかなあ……)

器の中で膝を抱えて、シリウスはちいさく丸まった。


そうやってじれったい気持ちを抱えながら毎日を過ごしていたある日の朝、その日はいつもよりも念入りに壁の外側を丁寧に拭かれた。

「今日はお客様がいらっしゃいますから、綺麗におしゃれしましょうね」

『おしゃれ』の意味がよく分からないけれど、いつもとは違う誰かが来るらしいことは分かった。

持ち上げられて、どうやら器の下へ敷いてあったフカフカのものも変えてくれたようだ。

兄上や母上、父上がこない時間は、毎日とても退屈だったので、他の誰かが来てくれるのは嬉しい。

ワクワクしながら待っていると、部屋の外が騒がしくなり、誰かが入ってくる気配がした。

今まで壁の向こうの人々は、ぼんやりとした影にしか見えなかったのに、今は白い壁の内側から、二人の姿がハッキリと見える。

彼らから話しかけてくれるのかと思っていたけれど、二人はとても警戒しているようで、なかなか近づいてこない。

（もうすこし、ちかくにきてくれたらいいのに）

じれったい気持ちで待っていると、背の高いほうの人物が恐る恐る近づいてきた。

手を伸ばして〝器〟へそっと触れる。

（……！）

シリウスは〝器〟へ伝わってきた、指先からのエネルギーに驚いていた。

（ぼくをまもってくれるひとだ……！）

触れられた瞬間すぐに分かった。

嬉しくて思わず手を伸ばす。

壁の内側へ手の平を当ててじっと待った。

その、シリウスが手の平を当てたまさにその箇所に、今度はもう一人の人物が手を伸ばしてきた。

（さわって、ぼくを、ここからだして……）

壁の向こうの青年が、確かめるように恐る恐る指先で〝卵〟の表面へ触れると、微かな破裂音とともに触れた場所へ亀裂が走った。体の中を、あたたかな電流のように何かが走る。

彼らが焦りながら言い争いを行っている間にも、亀裂はみるみる広がっていく。

壁の外側はシリウスが思っていたよりも寒かった。二人が肩に布を巻いてくれて、それでずっと心地よくなる。

二人の名前も、部屋へ入ってきた時の彼らの会話から、ちゃんと分かっていた。

だから近くにいるほうの人物の名前を呼んでみる。

「……かいる?」

少しかすれたけれど、思っていたよりはちゃんと音が出た。

呼ばれたその人は、目の部分から水を流した。

(あ、あれがきっと『なみだ』だ)

目から出るのは涙だと、本を読んでもらって知っている。

嬉しい時か、悲しい時か、どちらかに出る。

カイルからは、とても幸せそうなエネルギーがシリウスに伝わってきていた。

だから彼が嬉しくて泣いているのだと分かってほっとする。

これからきっと、楽しいことや嬉しいことが沢山ある。この人たちが一緒にいてくれれば大丈夫。

シリウスは安心すると、カイルへ体をすりよせた。

3話　創造主のごとく

シリウスはベッドから起き上がって、窓から差し込む光を興味深げに眺めた。

いつも〝卵〟の中から見えていた、ぼんやりとした景色はこれだったんだと理解する。

殻の内側の白い世界に、眩しく切り取られる四角い光。時折その光の中をサッと何かがかすめていたけれど、今はそれが部屋の窓と、その向こうを飛び去る小鳥たちの影だったのだと分かる。

ゆらゆらと揺れていたのは薄手のカーテンだ。

シリウスは窓辺へ歩み寄り、陽光の温度や色を確かめる。〝卵〟の中にいる時も熱や光を感じられはしたけれど、殻を通さず皮膚や目に直接届くものとはまるで違っていた。

なにもかもが鮮烈に、明瞭に見える世界。殻の中は全てのものがぼんやりしていた。

音も、色も、光も、影も、全部が。

シリウスは〝卵〟の中にいた五年の間、兄が読んでくれる本や、父や母が語りかけてくれた言葉のおかげで、〝卵〟から孵化した時、すでに日常会話に困らない程度には喋ることが出来た。

地面を覆っているふさふさしたあれは、きっと『草』なのだろう。

『草』は『緑色』だと知っていたから、あの色が緑に違いない。ああ、そういえば、春の草は『青い』とも兄の読んでくれた本に書いてあった気がする。今見える草が『緑』なのか『青』なのか、シリウスには分からなかった。

「あとでだれかに聞いてみよう」

シリウスが誰に質問しても、皆喜んで答えてくれたので、誰かに何かを聞くのは楽しみだった。

もっと近くに行ければ『草の香り』や『草の感触』も感じられるんじゃないだろうか。

草よりも大きなあれは、きっと『木』という植物。

後でそのことも誰かに聞いて確かめてみよう。

そんな風に、自分の中の知識と、目に入る様々なものを、興味の赴くまま次々と照らし合わせてみる。

とても楽しかったしワクワクしたけれど、ほとんどの物の名前は、予想はできても確定できない。

ふと、窓のガラスを通してではなく、直に景色を見てみたいという衝動に駆られた。せっかく〝卵〟の外へ出たのだから、何にも閉じ込められていない世界を見てみたい。

背伸びをして窓を押してみたが、巨大なガラス製の窓は押しても引いても開かない。

「うーん……」

力いっぱいやってみても、やっぱりだめだ。

シリウスはふっくりとした唇を少し尖らせて一歩下がった。窓全体を眺めてみる。

ここからでも開ける方法があるはずで、自分にはそれが出来ると確信していた。窓の中ほどにある鍵を見る。

あれを少し動かせば、きっと窓が開くのだろうけれど、鍵は高い位置にあって届かない。

けれど手を使わなくてもきっと窓はあけられる。

誰に教わらなくても手や足が自分の意思で動かせることを本能が知っているように、それとは別の力が自分にあることを、シリウスは産まれながらに知っていた。


じっと意識を集中する。


シリウスが紫の瞳を閉じた瞬間、室内の空気が一斉に跳ね上がるように動いた。体中がじんわりと熱を帯びていく。その熱をどうにか手の平へ移動させようとするが、なかなかうまくいかない。

産まれて初めて声を出そうとした時に少し似ていた。

体中から魔力が漏れ出て空気が渦を巻き始める。

「……これぐらいでいいかな?」

どれぐらいがちょうどいいのか全然分からないけれど、一度は試してみないと力加減は分からない。シリウスは窓の鍵の部分に手の平を向けた。


窓の割れるけたたましい音に、部屋の外で扉を守って立っていたカイルはその場に飛び上がった。

寝室の扉前の護衛を深夜にアルファと交代し、朝まではカイルの当番になっていたのだ。

「シリウス様！」

カイルはノックもせずに扉を破壊する勢いでシリウスの寝室へ突入した。部屋へ入ってすぐ、主と定めた少年が部屋の中央で無事立っているのが視界に入り、カイルはとりあえずホッと息をついた。

「シリウス様、何事ですか」

「まど、こわしちゃった……」

見れば大きな観音開きの窓が粉砕している。

内側から外へ向けて割れたせいか、室内に破片はあまりなかったが、それでも多少のガラス片が落ちている。

「お怪我は……」

「だいじょうぶ」

「あ、動いてはいけません！」

カイルは駆け寄ると裸足のシリウスを抱き上げてベッドへ座らせた。

そこへ窓の割れる音を聞きつけたアルファも蒼白になって飛び込んできた。

「我が君！」

主人が無事でひとまずは安心した【竜人】たちだったが、へたをすれば大怪我をした可能性だってあった。【竜人】たちはお互い視線を交わし、無言のまま他に危険がないことを確認した。

アルファは、何事があったのですかと声をかけ、シリウスへ歩み寄り、膝をついて目線を合わせ

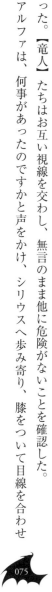

る。間近で改めて確認したが主人に怪我はない。小さなガラスの破片であっても、少年の柔らかな肌を傷つけるのには十分だ。

そんな事態を想像するだけでアルファの心臓が誰かに握りつぶされたように痛む。

「我が君、ご無事で本当にようございましたが、何があったのかこのアルファめにお話しいただけましょうか」

「……まどをあけたかっただけなんだ」

罪悪感からか、シリウスは視線を落としうつむいた。

アルファは隣に立つカイルと顔を見合わせる。

「なるほど、ですが、窓は粉々になってございますよ」

「うん……。ごめんなさい」

素直に謝罪して、アルファへ抱きつく。

「こわしちゃうつもりじゃなかったんだ……。かぎをうごかそうとおもって……」

綺麗な窓だったのに。あんな風にしてしまうつもりじゃなかったのに。

アルファの逞しい肩に頭をコテンと寄せて、シリウスは産まれて初めての涙を流した。

「……もうなおらない？」

アルファは、初めて失敗を犯して泣いている幼い少年を抱きしめて、なんと慰めるべきか悩んでいた。

当然というかなんというか、アルファには子供を抱きしめたことも、子供を慰めたことも、どちら

も今までの長い人生で一度もなかったからだ。

真実をありのまま「もう直りません」と伝えるべきか、今日中にガラス職人を呼んで、前よりも、もっといい窓を入れますよと慰めるべきか、分からない。

当惑したまま、それでも出来る限り安心してほしくて、優しく背を撫でながら揺らしてやった。

「お泣きくださるな」

「ごめんなさい。そとをちょくせつみたかっただけなんだ……」

「大丈夫ですよ、誰も怒ってなどおりませんとも」

「でも……」

「大丈夫、大丈夫」

同じ言葉を繰り返すことしかできなくて、アルファは我が事ながら苦笑した。

普段どんな無理難題も、片手で解決出来ると自負していたというのに。


ようやく主が落ち着き、どうやら泣きつかれて眠ってしまいそうだと知って、アルファはシリウスをベッドへそっと横たわらせた。

額に落ちかかる長い金の髪を撫でてやり、涙のあとも拭ってやる。

「……アルファ」

その時、ずっと黙ったまま二人を見守っていたカイルがアルファに声をかけた。

「何だ、静かにしろ」

カイルを振り向いたアルファは硬直した。

振り向いた先、床に散乱していたガラス片はひとかけらも残っていなかった。

見上げれば、観音開きの美しい窓が何事もなかったかのように、微かなひび割れも、わずかな曇りもなく、新品の様相で元通り輝いていた。

アルファが、

「何故窓が直る様子を観察してなかったのだ！」

と、理不尽な怒りを私にぶつけてきた。

そんなことを言ったって、窓を割ってしまって泣いているシリウス様が心配だったから、目を離せなかったのだ。

「アルファだって私が教えてやるまで気づかなかったじゃないか！」

「俺は我が君を慰めて差し上げていたのだから当然だ」

「第一それが気に入らない。私のほうが先に部屋へ入ったのに」

「順番の問題ではない」

これらの会話は、シリウス様の寝室のすみっこで、可能な限りの小声で行われていた。

主を起こしてしまっては元も子もないからだ。

「問題は、我が君がどのようなお力で窓を破壊し、さらには修繕されたのか、だ」

「破壊したのはおそらく単純に魔力を放っただけだと思う。私が室内へ入った時、溢れた魔力がまだ室内に残っていたから」

そう、シリウス様はまだご自身の力をコントロールしきれていないのだろう。

私だって子供の頃はまるで自分の力を扱いきれていなかったし、そもそも物心つくまでは何もできない普通の子供と変わらなかった。

産まれてすぐに力をお使いになったシリウス様はやはりただ者ではない。

アルファは彫りの深い顔の眉をよせ、眉間にも深い皺を刻んだ。

「だが割れた窓を瞬時に直すなどと……、そのような魔法も精霊も存在しない……」

壊れた道具を修理してくれる、というような精霊は確かにいたが、粉砕した窓を割れた形跡もなく修理出来る精霊などいないだろう。

そもそも、壊れた破片の多くは外へ散らばり、遥か階下へ落下したのだから、それらは手の届く範囲にすらなかった。

魔法のほう、これは壊れた物や壊れ方にもよるが、時間をかければ元に戻すこともできなくはない。

だが物質を分子から操る、かなり高度な魔法であり、時間も技術も半端なく必要だ。

世界中を捜し歩いても使える人間は数人いるかいないかというところだろう。

直すことの出来る魔法を使える人間でも、長い詠唱と精密な魔法陣が必要だし、ましてや窓は粉砕していた。

おそらくあのような状態の物質は、どのような魔法でも、どれだけ時間をかけても、修理することは不可能だ。

そもそも魔法というものは単純な破壊には向いているが修繕には向かない。無機物が相手では、人を治癒する魔法のように、自らの治癒能力を高め促し回復させるというわけにもいかないからだ。

私とアルファはそれぞれ強大な魔力を有していたが、私は炎、アルファは闇魔法に特化していて、少なくとも私は、炎以外の属性魔法は通常の魔術師程度にしか使えない。おそらくアルファも闇以外の属性は、それほど堪能ではないのではないだろうかと勝手に予想している。

産まれながらに一つの属性を極めている我々には必要ないからだ。

私はアルファと顔を見合わせた。

我々の主人はやはりとんでもない力を持っている。

それがどんな種類のものなのかまだ分からなかったが、このような事態を含め、我々が全力で守護しなければならない。

眠っているシリウス様の涙の痕跡を見ると、そう、改めて強く感じた。シリウス様のお側を離れたくない。二度とこんな風に悲しませたくない。

そのためにはまず、私が私自身の問題を解決しなければならないだろう。

とりあえず、私とともにウェスタリアへ入国したジャンや部下たちともう一度、話をしなければ。

厄介な事柄だが避けては通れない。最初の夜に彼らへ打ち明けたように、我が祖国、アレスタへは、もう帰らないつもりなのだから。

アルファは自らが主君と定めた少年、シリウスの力について考えていた。

平常時のシリウスは、いかなる特別な魔力も感じさせない、見た目が特別愛らしいだけの、ごく普通の子供のように見える。

〝卵〟の時や、〝卵〟から出てすぐのような威圧感は、完全に小さな少年の身のうちに封じ込められていて、察することは不可能になっていた。

普通、魔力を持っている生物は、同じく魔力を持つ者を察知することが出来る。

ごく少量の魔力しか持っていなくとも、常人とは違う力の流れを感じられるのだ。だがシリウスは本人も意図しないうちに完璧にそれを隠しきっている。

【竜人】であるアルファ自身も、普段、己の強大すぎる魔力をなるべく人に察せられないようコントロールしているが、それでも多少は溢れてしまう。

これほどまでに、自然に、完璧に、隠しきれるものなのだろうか。

剣の達人が殺気を放たず人と対峙するように、シリウスは魔力をごく当たり前のことのように受け入れ操っているということだ。

「我が君、今日は魔法について、少々お話ししてもよろしいでしょうか」

勉強の時間、アルファは優しい笑みを浮かべて主の向かい側へ腰掛けた。

シリウスには、カイル、アルファ、家庭教師と、母のジュディスで担当を決め、一時間ごとに交代で勉強を教えることになった。

カイルとアルファは、自分たちは護衛だと勝手に主張して、強引にウェスタリアへ居残っていたけれど、様々な知識に精通していたし、可能な限りシリウスから離れたくないと訴え、なおかつ引き下がる様子がないこともあり、当面、護衛兼教師というよく分からない立場となった。【竜人】たちの扱いに戸惑うウェスタリア側の苦悩が窺える。

母ジュディスの役割もまた微妙だった。

王妃であるジュディスが教師となって我が子に教えるなどと、本来はそんなことをする必要はないのだけれど、あまり息子と交流する時間のないジュディスが勉強に参加したがった。

母に甘えきりであるはずの幼子の時期を、〝卵〟という特殊な形でふっとばしてしまった次男を気の毒にも思っているようだ。

そんなもろもろの事情を知る由もないシリウスは、少し首をかしげてアルファを見上げた。

「まほう？　でも、アルファは算数をおしえてくれるんじゃなかったっけ」

「魔法と算数はとても密接に関係しておりますから、ちょうどようございます」

そうなの？　と、不思議そうな顔をしたが、それでも新しいことを学べて嬉しいのか、シリウスはノートを広げる。

「我が君はこの前、魔法の力をうまく加減できずに窓を割ってしまわれましたね」

「うん……」

まだそのことを後悔していたシリウスは金色の睫毛を伏せた。

「あっ、いいえ、お叱り申し上げているのではないのです。我が君の魔法の力がどのような種類のものか、まずそれを知りたかったのです」

「まどをわる力？」

「窓をお割りになったのは単純に魔力の放出によるものなので、属性は関係ありません」

「よく分からないけど、手でおしてわったのと同じ？」

「そうです」

よくお分かりになりましたね、と、アルファが再び優しく微笑む。

「割ってしまった力ではなく、お直しになった力のほうが、我が君のお力の重要な部分です。本来魔法とは、そのように緻密な作業に向かないのです」

アルファは部屋に用意されている黒板へ大きな丸を描いた。

「できないわけではありませんが、まあ算数の問題のようなもので、『0・5』たす『0・5』は簡単に1と答えを出せますが、二つに割れたガラス片の一つは単純に『0・5』ずつではなく、数字にすると例えば片方は『0・4957・・・』というような、限りなく複雑な数字の物質なのです」

描いた丸の中心に線を引き、その片方ずつへ、足せば1になる数字を記入した。さらに、その丸の下に小さな点を書き加えていく。

「しかもガラスは割れた時、このように小さな破片を撒き散らします。それら一つ一つの破片の数字を正確に割り出し、順番や位置を間違わず足していき、最終的に1にする計算は非常に骨が折れそうでありましょう」

「う、うん」

想像してしまってシリウスは嫌そうな顔をしたが、〝卵〟から出てきて勉強を始めたばかりのシリウスには、実をいうと小数点を使うような複雑な算数はそもそもよく分かっていない。

「ですが、我が君はあっさり修繕してしまわれた。どのようになさったか、もう一度お見せいただきたいのです」

そう言うと、アルファは懐から小さな箱を取り出した。蓋を開けると中にはニワトリの卵の黄身ほどのガラスの玉。アルファはそのガラス玉を箱からつまんで取り出し、ハンカチの上へ乗せ指先で触れる。

パリン、という軽い音とともに、ガラスの球はアルファが触れた箇所から綺麗に二つに割れた。

「どうやったの!?」

身を乗り出したシリウスへ微笑みかけ、アルファは答える。

「我が君が窓を割った時と同じです。俺は加減を知り尽くしておりますゆえ、ガラスを割るのに必要なだけの魔力を使ったのです」

「ぼくもできるようになる？」

「もちろんですとも。ですが、今日は割ることよりも戻すことをやってみましょう」

アルファにそう言われて、シリウスはハンカチの上に乗ったガラスの玉をじっと見た。

この前どうやって窓を元に戻したか覚えていなかったのだ。

困ったようにアルファを見ると、彼はシリウスの手を取り、二つになったガラスの破片をハンカチごと手の平に乗せた。

「割れた箇所が危のうございますゆえ、直接はお触れになりませんよう。初めは対象が近くにあったほうが力を使いやすいと思います。我が君が、どうしたいのか、どうしてあげたいのか、それを己とガラスに訴えかけてごらんなさいませ」

シリウスは言われた通り、素直に自分がガラスをどうしたいのか、どうしてあげたいのかを、必死に考えた。

「元に戻って……」

目を閉じて、魔法の力を高めていくけれど、身の内に高まった魔力はガラスの球を癒さない。

アルファのほうは、主人の体の中で、急激に魔力が構築されていくのを肌で感じていた。それまで完璧に隠蔽されていた魔法の力が、実にたくみに、精密に、高まっていく。

その濃度は大変なもので、なるほどこれでは窓など簡単に粉砕してしまうだろう。だがこれは通常の魔力で、あえて属性を与えるとするならば光魔法に近い。

この力ではガラス玉を元に戻すことはできないだろう。

主を見れば、額に汗を浮かべて真剣な表情だ。

本来の魔法であれば詠唱によって術者の負担は格段に軽減するけれど、前例のない魔法だったので、アルファにもどのような詠唱を行うべきか定かではない部分が多かった。

まずは先日の魔法を再現してもらって、それから主人にも分かりやすいよう術式を組み上げなおそう、と考えていたが、どうもシリウス本人にもよく分かっていないようだ。

シリウスはアルファが期待を込めて自分を見ていることに気づいていた。

アルファを喜ばせてあげたくてがんばるのだけれど、うまくいかない。窓を割った時のように、自分の中で力が高まっていくのは分かる。

でも、これは割った時の力で、元に戻す力じゃない。

アルファが言っていたことを思い出す。

真っ二つになったガラスの破片の片方は単純に0・5ではなく、とても複雑な数字で構成されていると。

破片に意識を集中すると、たちまちその破片の成分が頭に浮かぶ。

アルファによってほぼ真っ二つにされた二つの破片は、確かに単純に半分ずつではないようだった。

目に見えない細かな破片も沢山散らばってしまっていて、たとえ二つのガラスをくっつけることができても微妙に部品が足りないことも分かった。

二つのガラスをくっつけても、もう元のガラス玉には戻せない。

がっかりすると同時にふと気づく。

それならいっそ、これ以上バラせないところまで粉々にしてしまって、粘土のように丸めて作り直せばいいんじゃないだろうか。思いついた途端、ガラスを構成するケイ酸化合物の分子構造が立体的に脳裏へ浮かんだ。

それらが何を意味しているのかは分からなかったけれど、それらをどうすればいいのかは分かる。

頭に浮かんだ緻密な分子構造は、ややこしくて分かりにくく、かえって面倒だったので、さっさと頭の中から追い出し、今度は本能のままに任せガラスの玉を組み上げなおしていく。

複雑な楽譜の曲を一度も聴かないまま譜面だけを見て歌うことは難しく、一度耳で聞いて覚え歌うほうがずっと簡単なように、シリウスは精密な設計図を嫌がった。

――ガラスの玉。

丸くて、硬くて、透明で、大きさは……。

歌うように、順番に、なめらかに、多少間違っていたって、きっと大丈夫。思い浮かべながら作り上げていくのは、予想よりずっと楽しくて、ずっと簡単だった。

シリウスがハンカチごとガラスの玉を胸元へ引き寄せた。

「いけません、我が君、断面でお怪我をなさいますよ」

そう言ってアルファが主人の手にそっと触れた瞬間、室内が一瞬、淡い金色に光ったように見えた。

ごく一瞬の輝きだったので、気のせいだったかもしれないと思った時。

「アルファ、見て！　ほら、できたよ！」

主人の手の平の上に、元通り、完全な球になったガラス玉が乗っていた。

「ど、どうやったのですか」

いかなる種類の魔力も感じなかったので、アルファはつい動揺してしまう。

シリウスという主人に出会ってから、アルファは何度も驚いたり動揺したりしてしまっていたが、どちらもそれまでの彼の人生には全く無縁の感情だった。

当惑するアルファの表情を見たことがあるのは、シリウス以外には赤竜カイルとシリウスの兄ルークぐらいだろう。

百年以上生きてきたのに、驚きも当惑も、全てはここ数日のシリウスに関する出来事のせいだ。

けれど原因である当人、シリウスは、アルファの動揺など、もちろん気にせず首をかしげる。

「うーん、ごめんね、くっつけるのはやっぱりむずかしくてできなかった……、だからぜんぶをつく・・・・りなおしたんだ」

「つくりなおした……」

手の中のガラス玉をじっと見つめ、アルファは声もなかった。

「もしかしたら最初のガラスとちょっとちがっているかも……」

少し申し訳なさそうに、シリウスはアルファにガラスの玉を渡したのだった。

アルファが手の平でガラス玉を転がしているのを、不審感を込めた目つきでカイルが見ていた。

今、シリウスは母である王妃と勉強中なので、二人は隣室へ控えている。

アルファは手の平のガラス玉を転がしては指先で突き、握りこんでは転がして、を繰り返す。

その様子がどうにも普通ではなかったので、ついにカイルは声をかけてしまった。

「アルファ、そのガラス玉がどうしたというのだ、さっきからいじり倒して普通じゃないぞ」

「……カイル、先日、我が君がガラスの窓を一瞬で直したことを覚えているか」

忘れるわけがないのでカイルは頷いた。

「もちろん覚えている」

「俺は重大な間違いを犯していたかもしれぬ。我が君のお力は我々の想像の及びもつかぬ力だ。尋常なものではない……」

「どういう意味だ？」

描いたように秀麗な眉を寄せ、カイルが低い声を出す。

アルファはガラス玉を大事そうに手の平に握ると、顔を上げカイルに真剣なまなざしを向けた。

「我が君が窓を修繕されたのは、魔力によるものではない。今日、俺がこのガラス玉を目の前で割り、再び戻してくださるよう願ったところ、我が君はごく自然にやってのけてくださったが、直る瞬間、魔力は一切使用されていなかった」

「魔力でないなら、何だというんだ」

「……分からぬ。分からぬが、おそらく今までこの世界にはなかった類の力なのではないかと俺には思える。【魔族】の力が我々に理解できぬのと同じように」

「シリウス様のお力が、【魔族】の力と同じものだと言うのか？」

つい声に非難の響きを含ませながらカイルが聞いた。

だがアルファは落ち着いた様子で首を振る。

「そうではない。全く異質で、我々には測ることのできぬ力というだけだ」

そう言って、ガラスの球をカイルに渡す。

「割れた痕跡は何一つない。我が君はガラス玉を修繕したのではなく……」

「修繕したのではなく？」

カイルが先を促すと、アルファは躊躇いながらも言葉を続けた。

「……我が君はガラスの破片を再構築し、新しく生成なさったのだ。……まるで創造主のごとく」


カイルがシリウスと出会い、己の生きる道を見つけてから一週間が経過した。

ジャンや同行の部下たちと一緒に、自国へ一時帰国すると約束していた日がついにやってきたわけだ。

ジャンや他の面々が帰国の準備を進める中、カイルは中庭で一人物思いにふけっていた。

本当はここにずっといたい。

主人の側を一時も離れたくなかった。

だが自分に課せられた責任は果たさなければならない。

「カイル！」

考え事をしているカイルに、中庭を軽やかな足音とともに駆けてきたシリウスが抱きついた。

後ろで乳母が、自分たちの大事な天使が転んだりしないかと、ハラハラしながら見守っているのが視界に入る。アルファは影のようにシリウスに付き従い、今も庭全体を見渡せる位置へぬかりなく立っていた。

「カイル、どこかへ行っちゃうってほんとう？」

潤んだアメジスト色の瞳に見つめられカイルは思わずウッとのけぞった。

どこにも行ったりしません！ と叫びそうになる自分の声を、全身全霊、力をこめて飲みこむ。

「で、でかけはしますが、すぐに、戻ります」

若干つっかえたが、カイルには精一杯だ。

「すぐってどれぐらい？」

「……」

馬車で片道五日。

両親やもろもろ関係者たちの説得、というか、もうカイルの中では確定事項なので、単なる報告ではあるのだが、ウェスタリアへ生涯留まるということを伝えなければならない。それにも一日は必要だろう。

あわせれば十日以上もかかる。

けれどもカイルはきっぱりと言い放った。

「今日中に戻ってまいります！」

たまたま中庭にいてその声を耳にした人々は皆驚きの表情だ。物理的に不可能で、ありえないことを言いだした【竜人】に呆れ返っている。

アルファだけは、当然だ、というようにひっそり頷いていた。そして地理のことなどまだなにも知らないシリウスは素直に笑った。

「ほんとう？　すぐかえってくる？」

カイルは頷くと、シリウスの体をそっと離した。

乳母に少年を預けて中庭の入り口まで下がるように促す。

「シリウス様、そこを動かずにいてくださいませ、危のうございますから」

カイルは朱色の瞳をゆっくりと閉じた。

深い真紅の髪が炎のようにゆれ、周囲の空気が渦を巻き始める。

中庭にいた人々が叫び声を上げた気もするが、薄く瞳をあけると、自分の主は興味深そうにただカイルを見つめているだけだった。

中庭を占拠しているのは、立ち上がれば城の天守にまで顎が届きそうなほど巨大な赤竜だった。ルビーをちりばめたように輝く鱗は、日の光を反射して周囲を幻想的な紅に照らし、石畳へいくつも小さな虹をつくった。

巨大な翼がゆっくりと広がると、被膜が陽光を遮って緋色を含んだ影を落とす。恐ろしい見た目に反して、紅《くれない》の瞳には理性がやどり、この強力な生物に敵意がないことは子供にでも伝わるだろう。

カイルがこの姿になったのは、今までの人生でわずかに二度目。一度目は、ほんの子供の頃。今のシリウスと同じぐらいの年の頃だ。

まだ小さかったあの頃、体の中が時折熱くなるのを感じていたカイルは、ある日熱情のままに身を任せ、竜の姿になったことがあった。単純な好奇心からのことで、特別に力を使おうとしたわけではない。

人身が幼かったせいか、竜の体もほんの数メートルほどの全長しかなかったし、自室でのことで、誰にも見せることはなかったが、子供心にこれは生半可な気持ちで使ってはいけない力だと気づいた。試しに、ほんの少しだけ魔力を込めて息を吐き出すと、呼気はそのまま熱波となって、室内のガラスの花瓶を溶かしてしまった。

だからそれ以来、一度も竜の姿になったことはなかったのだが。

中庭の人々が畏怖のあまり腰を抜かして、あるいは立ち尽くしているのを見るのは少々申し訳なかったが、へたりこんだ乳母の腕から抜け出した主が躊躇なく駆け寄ってくるのを見て、カイルは人の時と同じ、炎の色の瞳を喜びに細めた。

「カイルすごい！」

カイルは慎重に顎を落とし、ぐるる、と甘えた声を出す。小さな手が恐れることなく鼻先を撫でてくれたことが幸せで、とろけそうだ。

「すぐかえってくる？」

「はい。この姿なら、数時間で往復できますから、必ず今日中に戻るとお約束します」

驚かせないように、最小の声で答え、カイルは主の手と離れる寂しさをこらえながら、身を切られる思いで首を持ち上げる。

「アルファ、シリウス様を頼む」

アルファは頷いてシリウスを優しく促すと、中庭の入り口付近まで下がった。

「すぐに戻ります」

なるべく風を起こさないよう、細心の注意を払い、そっと地面を蹴って、カイルは空へと舞い上がった。

中庭から女性の悲鳴が響いたのを聞いて、自室にいた私は部屋を飛び出した。

あの声は弟の世話をしている乳母のものだ。

「シリウス！」

まだ幼い弟の安否を確かめなければ！

扉を守っていた近衛たちに視線をやり、私の後を付いてくるよう促す。まずは悲鳴が聞こえてきた現場だ。

廊下を走り抜けていくと、徐々に人が増え始める。

庭に面した回廊はさらに大勢が集まって庭を、正しくは庭の上を凝視していた。

皆一様に何かを恐れるような表情をしていたが、集まっている場所から逃げ出そうとしているわけでもない。

「どうした、何があった」

人々を押しのけ視界を確保すると、まず最初に目に入ったのは中庭へ立つ黒衣のアルファ。さらに、アルファのすぐ傍らで空へ向かって手を振っている弟も。

弟の無事を確認してほっと息をついたが、それにしても全員が空を見上げている。私もそこでようやく皆の視線を追って空を見上げた。

「何だ……あれは……」

何だあれ、とは言ったが、見当はついた。

ありえない光景だったから、ついまぬけな発言をしてしまっただけだ。


赤い竜。

巨大な翼を打ち振って、城の上空をゆるやかに旋回している。

私や周囲の人間が呆然と空を見上げている中、

「カイル、いってらっしゃーい！」

などとほのぼのとしたかわいい声が聞こえて我にかえった。

シリウスは上空の竜にむけて、小さな手を懸命に振っていた。あの赤い竜は、どう見ても、我が家に居座っているヘンタイ【竜人】の一人、カイルの化身した姿だろう。

燃えているのではないかと勘違いしたくなるような赤い髪。その髪の色と全く同じ体の色の竜。

鱗が陽光に反射し、燦然と輝いて眩しかった。

いってらっしゃいと見送られているその竜は、しかしなかなか城の上空から離れない。

旋回し、離れたと思ったら戻ってくる。あの未練がましさ、まさしくカイルだ。首が痛くなってきたが、一生に一度見ることができればかなりの幸運といわれている竜の姿を、皆つい、いつまでも眺めてしまう。

「やれやれ……」

その時、呆れを100%含んだ美声が聞こえ、視線をやればアルファがシリウスに声をかけていた。

「我が君、お風邪を召される前に戻りましょう」

「でも、カイルが……」

見送るつもりで手を振っているのに、いつまでたっても飛んでいかないあのアホ竜のせいでシリウスは動けないのだ。

アルファは私たちには死んでも見せないだろうとびきりの優しい笑顔で、

「我が君が視界から消えれば、カイルも諦めて飛んでいくでしょう」

と、同種の片割れをあきらかにバカにしたような言い方で切り捨てた。

シリウスを抱き上げてさっさと歩いていく。

はたして、シリウスが庭を去ると、上空を旋回していた赤い竜は、悲しげに一声鳴くと、何度も振り返りながら飛び去った。


私は今日まで、竜に関する文献を沢山読んだものだ。

人々を守護し、あるいは魔を倒し、世界各地で伝説となっている最強にして気高い生き物。

だがあれらは皆、夢見る学者の嘘八百だ。私の知っている竜はどちらも孤高などではなく、実に未練がましく、主を持たないどころか主に依存しまくりだ。

カイルはもちろんだが、シリウスを抱いて歩き去った、見た目だけはやたらと立派なあの黒い男も、やることはいちいち渋いが実際のところ、中身はカイルと大差ないと私は思っている。

騒ぎを聞きつけてジャンが中庭へ駆けつけた時、視界に入ったのは庭へ面した回廊を埋める、宝石の連なりのごとき赤い鱗だった。

全体像が全く見えないまま、ルビーで出来た壁のような巨体が動く。

鱗が擦れる、金属で出来た風鈴に似た涼やかな音を立てながら、赤い壁は波打つように視界から消えた。

体の一部分しか視認できなかったけれど、ジャンにはそれがなんなのか一目で分かった。

「カイル！」

巨体のわりに風は控えめだったが、それでも竜身が飛び立った時、庭に咲いた白いバラの花びらが舞う。

ジャンが中庭へ走り出た時にはもうすでに竜は空の上。呆然と見上げた先に、日の光を浴びて眩しく輝く巨大な赤竜が翼を打ち振りながら旋回し、いまだ上空へ留まっていた。

旧友であるジャンですら、初めて竜の姿のカイルを目撃したのだが、あの色はまちがいなくカイルの色だった。

「あのバカ……！」

ジャンは急いで踵《きびす》を返した。追わなければ、カイルだけが帰国して、同行してきた自分や騎士たちは置いていかれてしまう。

カイルを置いて自分たちだけで帰国するのと、どちらも同じぐらい愚かに見えるだろう。

帰国へ向けて部屋で荷物をまとめていた騎士たちを急いで呼び寄せ、厩《うまや》へ駆け戻る。

この際馬車は置いていくしかない。というよりも、荷物も最低限必要なもの以外は置いていく。

「オレの馬は……!?」

ウェスタリアの厩番は馬たちを実に丁寧に世話してくれていたが、まだ出発予定の時間より大分前だったので鞍を乗せていなかった。今から馬具を装着していたら追いつけない。


ジャンはすかさず空を見上げた。

「……」

カイルはとっくにいなくなっていた。

「何で置いていくんだ！　カイルのアホー！」

ばかばかしくなって荷物を放り投げ、同じく置いていかれた仲間と視線を交わして力なく笑った。

ジャンは大きく溜息をついた。カイルはここへ来てからすっかり変わってしまったけれど、思い込んだら一直線なあたり、実はあまり変わっていないのかもしれない。

膝まである正装の堅苦しいブーツを脱ぎ捨てて、厩の前の芝生へ寝転んだ。

もうこうなってしまったら、馬だろうがなんだろうが追いつけないだろう。

他の騎士たちも、ジャンに倣って次々と寝転がる。

「……そういえばオレ、カイルが竜になったとこ、初めて見たなあ」

もう十年以上友人をやっているつもりだったのに、一度も見たことがなかった。

竜にならないのか聞いたこともあったが、カイル曰く、今のままで十分強いから竜になる必要は全くないし、自分でも一回しかなってみたことがないと言っていたのに。


ジャンはまだ会ったことがなかったが、シリウスという、天使のように美しいと噂の子供のために、カイルは出会って数日で、あっさりと竜になって飛んでいってしまった。

カイルにはシリウスという少年が、本当に命より大事な存在になってしまったのだろう。

なにしろカイル自身がそう言っていたのだ。

あの時は大げさだな、とぼんやり思っていただけだが、忠誠心が一極集中しすぎていて、他に振られる分がゼロなのが極端だ。

おそらく、ジャンや両親など、周囲の人々のことは、カイルも変わらず大事に思ってくれている。

ジャンに接する時の態度は全く変わらないし、今回の件でのジャンの進退についても気をもんでくれている。だが、それとこれとは別なのだろう。


目を閉じて考える。

例えば、これまでのカイルの人生で、大事なものの重要度を数値にしたら、十が最大だとして、同級生の重要度が六で、両親が十、国家は九、というような具合に。

仮にジャンが、九や十などの、大事なものに分類されていたとしても、先日出会った少年は、きっと重要度100や200でも到底足りないほど大事な大事な存在なのだろう。

何故急にそんなことになったのか、本人にも理由は分かっていないようだったけれど、それぐらいカイルの変貌ぶりはすごかったのだ。

カイルはいつだって、どんな難題も片手間に処理してつまらなそうな顔をしていたのに、ここに来てからは、ジャンですら見たことのない表情で、毎日別人のように大騒ぎしている。

ジャンは初めて見たカイルの赤い竜の姿を思い出そうとした。

ほんの一瞬しか見なかったことを後悔して思わず眉を顰める。

どうせ追いつけないのだから、もっとじっくり見ておけば良かった、と。


蘇ってきたのはルビーを連ねたような鱗の輝き。

あの色は、なるほど、カイルの髪の色だった。

「すげえ綺麗だったよな」

隣へ寝転ぶ仲間を見ると、「そうですね」としみじみ頷いてから、「ずっとアレスタにいてほしいです」と、泣いた。

カイルは巨大な翼を打ち振って、空路を祖国へ向けて飛んでいた。

空を飛ぶのは初めてだったが、一刻も早く主人のもとへ帰りたくて、夢中なあまり不安は何も感じなかった。


馬車に乗って長い時間をかけ進んだ道のりが、竜になって空を征《ゆ》けば一瞬で通り過ぎる。

風を切る音がゴウゴウと耳を鳴らす。開放感と爽快感で胸が躍った。ウェスタリアにいる主君のことを想うと満たされて自信が溢れてくる。

出来ないことなど何もないと思えたし、実際にそうだろうとも感じていた。

もしも世界中の国々から、【竜人】が主人を持つことを許さないと言われたら、その時は、アルファとカイルとで、シリウスのためどこかで国を興したっていいとさえ思っていた。


稜線を越えたあたりで祖国の国境近くの村々が見え始め、カイルは高度をあげた。

あまり人々に姿を晒すと、いたずらに怖がらせてしまうかもしれないと思ったからだ。そのまま雲の上を飛び、国都にある自宅の上空で人身に戻った。

人の姿で空の上からまっさかさまに落下し、地上へ到達する寸前でクルリと長身を回転させ、わずかな魔力で風を操り速度を落とす。コートの裾がはためいた。

カイルが地上へ降り立った時、中庭には猫が塀から飛び降りた時と同程度の音と衝撃しか伝わらなかった。

「ふう……」

息をつくと、やや乱れた髪をかきあげて整え、カイルは知り尽くした中庭をまっすぐに歩き、そのまま邸宅の扉を叩く。

「カイル様！」

扉を開けたのはカイルが子供の頃から親しくしている執事長の老人だった。

「ただいま、じい。父上と母上はご在宅だろうか」

「は、はい。ですがカイル様、歩いてここまでお戻りになられたのですか？」

数人の騎士たちと一緒に馬車で出かけたはずだったのに、カイルがたった一人、馬車はおろか馬にも乗らず、いきなり帰ってきたので驚いたのだった。

カイルは祖父のように親しんでいる執事長に微笑んだ。

「うん……。まあ、歩いたり、飛んだり、かな」

「はあ……歩いたり飛んだり……ですか。父君と母君は居間にいらっしゃいます。お帰りの日程が予定より遅かったのでご心配なさっておいでしたよ」

首をかしげながらも、カイルが普通の青年ではないことを熟知している執事長は、どうにか納得したようだった。

「そうか。挨拶してくるから、すまないが、茶を頼む」

カイルの父は元軍人で、政務で城に詰めていることも多いが、愛妻家でもあり、自宅にいる時は必ずカイルの母である妻と一緒にすごす。

高位の貴族には珍しく、大恋愛の末に結婚へ至った仲睦まじい夫婦だ。

国にも家族にも忠誠心が厚く、真面目なカイルよりも一層真面目で、他人にも自分にも厳しい人物だった。

その厳格さから部下に恐れられる上司でもあったが、カイルは父が怖くはなかった。

意味のある失敗だったらかえって認めてくれる人だったし、悪いことさえしなければ叱られたりしないと、子供の頃から知っていたからだ。


「ただいま戻りました、父上、母上」

挨拶とともに部屋へ入ると、カイルの母ミーナは、作業途中の刺繍を机へ置いて立ち上がり、カイルの手をとって喜んだ。

「まあカイル、聞いていた日程ではもうすこし早くに帰ってくる予定だったから、心配していたのよ。あなたのことだから万が一はないと分かっていても、何かあったのかしらって」

実際には予定より一週間も長くウェスタリアへ居座ったせいで、通常通り馬車で戻っていれば、あと五日は帰宅が遅くなるところだったのだが、飛んで帰ったせいで早かった。

そんな事情など知る由もないミーナは、単純に帰宅が二日ほど遅れたのだと思っている。

「ウェスタリアの様子はどうだった」

父ガーラントは分厚い書籍を膝へ乗せたまま閉じる。

カイルは手近な椅子へ腰掛け、執事長の運んできた紅茶を慣れた手付きで受け取った。

「ウェスタリアの国都は非常に穏やかで、少なくとも表通りでは人々が困窮している様子も見えず、成熟度の高い街でした。隣国だけあって建物の雰囲気や街並みはアレスタとよく似ておりましたよ。なんとなくウェスタリアのほうがのんびりとした気質のように感じました」

「確かに私も、当代のウェスタリア国王陛下はなかなかの名君だと、噂を聞いている」

「そんなに素敵な国なら、いつか私も行ってみたいわ。ゆっくりお話をきかせて」

ミーナはのんびりと微笑んだのだが、息子のほうはいつもと様子が違っていた。

「申し訳ないのですが母上、実はあまり時間がないのです」

と、カイルらしからぬ性急な仕草でお茶を飲み干し立ち上がった。

「急なことですが、父上、母上、私はこれからまたウェスタリアへ戻るつもりです」

「何？」

「これからって、まさか、今日、これからじゃないわよね？」

カイルは不安そうな母に頷いてみせた。

「今日これから、戻ります。……命を懸けてお守りしたい、一時もお側を離れたくない、大事なご主君を得たのです」

普段何事にもあまり動じないガーラントも、おっとりとしたミーナも驚きを隠せない。

追加で紅茶を用意しようとしていた執事長がカップを取り落としそうになる。

両親が呆然としたまま何も言えない間に、カイルは言葉を続けた。

「実は、今朝まで私はウェスタリアへ滞在していました。可能な限り私の主人……シリウス様のお側にいたくて……」

「今朝？　ウェスタリアの国都からここまで五日はかかるだろう……？」

「竜になって飛んできたのです」

今度こそ、執事長はカップを取り落とした。

幸い毛足の長い絨毯のおかげで割れずにすんだが、ここにいてはいけないと感じたのか、失礼しました、と叫んで、慌てて部屋を辞去してしまった。

ミーナはポカンと口をあけ、かわいい息子を見つめた。

世間では、息子は世界の宝である【竜人】であったけれど、ミーナにとっては普通の息子だ。

賢く、美しく、礼儀正しい、自慢の息子ではあったけれど、特別な力を使っているところもあまり見たことがないし、カイルはなんといってもまだ十七歳なのだ。

「竜になって飛んで来た、って……、私もまだ竜になったカイルを見ていないのに……」

「……ミーナ、そんな問題ではない」

「急ぐあまり、ジャンや他の騎士たちをウェスタリアへ置いてきてしまいました。戻ったら彼らに謝罪しないと」

一方、息子から突然わけの分からない告白をされたガーラントは、本人が思っているよりも困惑していた。

息子の言葉は耳に届いてくるが、頭の中へは入ってこない。

「……それで、主君を得た、などというのは、もちろん冗談なのだよな？」

そんな冗談を言う息子ではないと分かっているが、【竜人】が誰かの下へつくなどと、相手が誰であろうと歴史的にもありえない。冗談以外は受け入れられない状況だ。他に言うべき言葉が見つからなかったのだ。

カイルはゆるぎない視線で父を見つめた。

「いいえ、今日中に御許《みもと》へ戻ると私はシリウス様……私の主に約束しました。これからすぐに戻ります」

「バカを言うな！　そんなことは許さん！　お前は【竜人】で、私の息子なのだぞ！」

ガーラントは怒号とともに椅子を蹴って立ち上がり、息子を睨みつけた。壮年を過ぎたとはいえ、過去には実戦経験豊富な軍人であり、カイルに勝る長身の偉丈夫だ。

これが部下だったなら、怒声を浴びた瞬間に縮こまって膝をつき、ただちに自分の過ちを認めて謝罪するだろう。

けれど息子のカイルは全く動じていなかった。

「許しを求めに戻ったわけではありません」

灼熱色の瞳に、限りなく冷静な光を宿し、カイルはきっぱりと言った。

「主君を得たことのご報告と、今まで育てていただいたことへのお礼を伝えに戻っただけなのです」

秀麗な顔を翳《かげ》らせ、立ち上がる。

「それから、おそらくお二人にはこの件でご苦労をおかけすると思います。そのお詫びも」

もう一人、ウェスタリアへ残る【竜人】、百年以上を生き、泰然として確固たる自分を持っている黒竜公アルファと違い、カイルはまだ十七歳の若者であり、二十歳で成人するアレスタでは、本来なら未だに未成年という扱いなのだ。

カイル本人には、本能に強く訴えかけるこの状況を、他人に――両親にすら、納得させられる自信がなかったけれど、自分の父なら、きっと国王や貴族連中にもうまく対処して、必ずなんとかしてくれるだろうという確信もあった。

とはいえ、両親には大変申し訳ないことだとも理解している。理解していてなお、この湧き上がるような喜びと、主人の側にいたいという本能を、抑えることは不可能だった。

今こうしている一分、一秒の間ですら、大切な主のもとへ一刻も早く戻りたくて気が急いている。

「今日すぐに分かっていただけるとは、思っておりません。ですが私の心はもう定まってしまった。たとえ、父上と母上のご意思に逆らうことになっても」

父ガーラントの怒りに満ちた瞳と、母ミーナの困惑した表情を見る。

「……シリウス様に出会えて、私は今、本当に幸せなのです。お二人にもいつかはお分かりいただけると信じています」

「本当に、これからウェスタリアへ戻るつもりなのか？」

ガーラントは「今ここを出て行ったら、二度と屋敷の敷居はまたがせない」と脅しの言葉を言いかけて思い留まった。もし脅しても息子は躊躇わず出て行き、そして父の言葉に従って、二度と帰ってこないと思った。いや、そうなると確信していたから、言えなかった。

父と息子の睨み合いで室内は緊迫していたが、この状況の中で、ミーナは大きく深呼吸すると覚悟を決めた。

これまでにも自分の息子の子育てでは、カイルの常識はずれな力のせいで世間と齟齬が生じ、時折問題が起きたけれど、今回のこれはその中でもとびきりだ。

息子には可能な限り自由に生きてほしいと思っていたが、いざその時が来ると、旅立ちが突然過ぎて動揺してしまう。

「ねえカイル」

そっと声をかけて、手の平でもう一度椅子へ座るように促した。

「とにかく少し落ち着いて。私もお父様も、もう少し詳しくお話を聞きたいだけなの」

「ですが、私はすぐにでも」

「いいからお座りなさい」

息子が言いかけた先をにこやかな笑顔で制して、再び手の平を椅子へ向ける。

その笑顔が怖い。

母の迫力に押されてしまい、カイルは素直に腰掛けた。

カイルだけではなく、ガーラントも妻の微笑みの圧力に負けて、きちんと椅子へ座り直す。

ミーナは手元の呼び鈴で執事を呼び戻すと、改めて全員の茶を淹れ直してもらった。

その茶をゆっくりと一口飲んで息をついてから、姿勢を正して硬直している夫と息子へ静かに語りかける。

「もしも本当にあなたに大事なご主君が出来たとしても、私達にとってはカイル、あなたが、何よりも大事なのよ。あなたにとってのご主君と同じか、それ以上に。だからもう少しでいいから、詳しく事情を聞かせて頂戴」

そうしてカイルは促されるまま、ウェスタリアへ到着して体験したことを、ようやく一つずつ説明し始めた。

両親にとっては到底理解も納得もできない話だったけれど、とにもかくにも、先ほどよりは事情が分かった。

ガーラントは眉間の皺を揉みながら小さく唸る。

「何故【竜人】であるお前が、初めて出会った子供を主君だ、などと思い込んでしまったのだ……」

「父上だって、母上と出会った瞬間に、生涯をともにする相手だと分かったと、ご自分でおっしゃっていたではないですか。理屈ではなく心で感じるものでしょう」

「む……。それは確かにそうだが……」

学生時代にミーナと出会い、目が合った瞬間に一目惚れして、付き合い始める前にプロポーズしたガーラントは、自分の身に置き換えることでようやく息子に起きた出来事を少しばかり理解出来たのか、しばらく腕を組んで唸っていたが、ついに不承不承《ふしょうぶしょう》頷いた。

丁寧に説明した成果か、母がようやく通常通りの優しい笑みに戻っていたので、カイルもホッと息をつく。

「私にも黒竜公にも、出会った瞬間にこの方が自分たちの主人であると本能で分かった、それだけの、単純なことなのですよ」


カイルは窓辺へ歩み寄り窓を開け放つ。

部屋は三階であったので穏やかな風が吹き込んだ。カイルの真紅の前髪が風に煽られ炎のように揺れる。

「父上、母上、また逢う日までご壮健で！　では、行ってまいります！」

振り向いて笑ったカイルの表情に、もう迷いは一切なかった。紅の瞳が喜びをたたえて虹色に輝き、見た者全てがつられて幸せを感じる、子供のように無邪気でさわやかな笑みだった。

まだ完全には納得できていないガーラントも、ああこれはもう仕方がない、と思わず納得してしまうような、そんな笑みだった。

窓から身を乗り出したカイルがそのまま足をかけて躊躇いなく飛び出す。

「あっ、カイル……！」

息子が三階から飛び降りたぐらいで怪我をするとは思っていなかったが、反射的にミーナは動揺して立ち上がった。窓辺に駆け寄ろうとしたその視界に、ルビーを連ねたような赤い輝きが眩しく映る。

真紅の竜は、冬にやってくる水鳥のように甲高く満足げに一声なくと、夕焼けの赤に身を溶け込ませるように、あっという間に消え去ってしまった。

4話　翼と最初の贈り物

カイルがアレスタからシリウスのもとへ戻って十日ほどが経過していた。

両親に説明してきたからもう心配要らないと、ジャンや他の騎士たちをアレスタへ帰国させ、本当にカイルだけウェスタリアへ残ってしまった。

あの日からシリウスは、カイルが竜になって飛んでいった時のことを毎日のように思い出す。

巨大で美しい緋色の竜が、蒼穹《そうきゅう》を自由に飛んでいた。

あんなに大きな竜なのに、まるで鳥のように軽々と空を舞い、とても気持ちが良さそうだったことを。

「ぼくもあんな風に飛べるようになるのかな」

シリウスはカイルが特別な人間【竜人】だとは知らなかった。

世界にとってどれほど重要人物であっても、シリウスにとっては、カイルもアルファも家族のように大事な友人で、それ以上でもそれ以下でもなかったのだ。

誰もがカイルのように竜になって自由に空を飛べて、自分も大きくなればいつか一緒に飛べるようになると思っていた。

だからその日、シリウスは夜の読書の時間に本を読みにやってきてくれた兄に聞いてみた。

ベッドの中へ兄弟仲良く並んで入り、本を広げたのだけれど、ルークが最初のページを読み始める前に、シリウスは兄の顔を眺める。

「兄上、あのね」

そう話しかけると、兄、ルークは目じりを下げて、目一杯甘い笑顔で愛しい弟へ頷いた。

「うん？　どうかしたかシリウス」

「あのね、ぼくもカイルみたいに飛んでみたいんだけど、どうやったら出来る？」

「……」

「兄上？」

ルークが考え込んでしまったのでシリウスは首をかしげた。

「まだ子供だからむり？」

「い、いや、そういうわけではないんだけどな」

ルークは本を脇へ寄せ、弟の金の髪を撫でた。

さらさらで、つやつやの、磨きぬかれた金属のようで、同時にしなやかで繊細な、美しい髪。

「……シリウス、実はな、普通の人間は飛べないんだ」

「カイルはふつーじゃないの？」

「ぶっ、いや、うん、まあ、普通とはちょっと違う」

弟の言い方に、兄は内心大笑いしていた。

カイルが聞いたらショックで卒倒するかもしれない。

「カイルとアルファは【竜人】といって、普通の人より少し色々なことが出来るんだ。二人は飛べるけれど、飛べる人間はめったにいないいないんだよ」

「兄上は飛べないの？」

「残念ながら飛べない」

「……ぼくも飛べない？」

切なそうに言われて、ルークは返答に困った。

〝卵〟から産まれたシリウスは【竜人】なのではないだろうかと言われていたし、カイルやアルファも、おそらくシリウスは【竜人】だろうと言っていた。

けれども本来四人しかいない【竜人】が五人になったことは歴史的に一度もなく、確定するには少々早い時期だった。

もう少し大きくなって、成長が止まるか、あるいは竜に姿を変えるようなことがあれば間違いないのだけれど。

「シリウスは飛べるかもしれないけれど、まだ分からないいんだ。もうちょっと大きくなったら分かるかもな」

「カイルみたいに、翼が生えたら飛べる？」

「ははは、そうだな、飛べたら兄上を乗せてくれ」

「うん！」

「空を飛んでも落っこちないように、うんと練習しないとな、お前が怪我をしたら皆悲しむ」

「おっこちたりしないよ」

ほっぺたを膨らませた弟を愛しい気持ちで眺め、ルークは改めて本を開いた。


翼が生えたら飛べる、と、兄は言った。

シリウスはルークが部屋を出て行った後、寝巻きの上着を脱いで腕を回し背中へ触れてみた。

「何もない……」

つるつるの背中には翼が生えてくる様子は全くない。

「空を飛べたら、カイルやアルファと一緒に飛んでみたいな」

きっとすごく気持ちがいいし、二人も喜んでくれる気がした。

目を閉じて、自分が飛んでいる姿を想像してみる。

竜になるのは大変そうだから、とりあえずは翼だけでもあったら。

「カイルみたいに……」

あんな風に強くて大きな翼じゃなくて、鳥みたいな羽だっていい。目を閉じたまま集中すると、背中がさわさわとくすぐったいように感じた。

金色の光が糸のように集い、シリウスの背へ寄り集まっていく。

――翌朝、幼い主人を起こすため、カイルは洗顔用の湯を張った桶を持ってシリウスの部屋へ入った。


最近は、カイルとアルファで、数日ごとに夜と朝の扉番の時間を入れ替えている。

そうしないと、どちらが朝一番に主と言葉を交わすかで争いになってしまうからだ。

「いつもアルファが朝の当番では不公平ではないか！」

カイルが訴えて詰め寄るが、黒衣の人物は平然としている。

「俺はシリウス様がお産まれになった初日の夜に、扉をお守りする栄誉をそなたに譲ってやったのだから、朝は俺が担当するのが当然だ」

実際あの時はカイルが一番を譲ってもらったので立場が弱かったのだが、それだって絶対に黒竜は計算高く朝の当番のことを狙っていたに違いないとカイルは思っている。

「あ……あの時のことは感謝しているが、それにしてもその後ずっと朝を独占するのは強欲だ！」

必死に訴えるカイルから強欲とまで言われてしまい、まだ若い赤竜が少々気の毒になったのか、最終的にアルファが折れて、数日ごとに当番を交代することを許してくれた。

本当は夜、寝る時にも、眠りにつく主に寄り添っていたかった彼らだが、それは残念なことに、シリウスの兄であるルークが、寝る前に本を読んであげるという形で独占していた。

ルークは主人の兄であり肉親だったので、追い出してしまうわけにもいかず、【竜人】たちは我慢するしかない。

今朝は三日ぶりにカイルが早朝の見張り番だった。

何事もなく無事に朝を迎え、今日も一日、元気でかわいらしい主人と過ごせるのだと思うと自然と笑みが浮かぶ。

こんな風に、自分が誰かのことを全身全霊で想う日が来るとは夢にも考えていなかった。

シリウスが笑えば嬉しく、悲しんでいれば胸が締め付けられる。

まだ一度も主の怒る姿は見ていなかったので分からないが、もしもシリウスが誰かに対して怒りを表すことがあったなら、相手を殺してしまうかも知れない、などと物騒なことまで考えた。

まるで愛する主人に常に付き従い、命を賭して守る忠実な犬のようではないかと一瞬想像してしまったが、実際その通りだったので、まあいいかと開き直って緩んだ笑みを浮かべた。

アレスタにいる頃のカイルはプライドが高く、素直になれるのは親友のジャンと二人でいる時ぐらいで、何をするにも膨大な魔力を使えば片手で用が済んでいた。

炎の色の瞳に氷を宿すと噂され、ジャン以外の前では表情を動かすこともほとんどなかったのだが、ウェスタリアでは毎日を必死に過ごしているせいか、気づけば大事な主人の傍《かたわ》らで、笑っていたり、泣きそうになったりしている。

まだ出会ったばかりの主とともに過ごす日常で、本来の自分の姿はこうだったのだと、知ることが出来たと感じていた。

朝、カイルがシリウスの部屋を訪れる時、部屋の扉はノックしない。カイルの主人はまだ眠っているので、できればノックの音などではなく、もっと優しく声をかけて起こしてあげたかったからだ。

それに、どれぐらい深く眠っているのかも確認したかった。

もしもほんの少しでも不調が見られたら、起こしたりせずそのまま眠らせてあげたい。

アルファが朝の当番をどうやっているのかは知らなかったが、きっと同じようにしているだろうと確信していた。

シリウスに対してカイルはとても過保護だったが、アルファはさらに過保護だと、カイル本人は思っていた。

実際にはどっちもどっちだったのだが。

そんなわけで、今朝もカイルは、オーク製の重厚な扉をそっと開き、主人の寝所へ慎重に入室した。

足音を忍ばせながら、桶をサイドテーブルへ置き、眠っている主の傍らへ立つ。何度見ても、すやすや眠っている主は天使のようにかわいらしかった。

起こしてしまうのはもったいない気もするけれど、シリウスが目を覚ませば、その美しい紫の瞳が見られる。

いつもそれを楽しみに、カイルは眠るシリウスを起こすのだった。

細い肩へ触れようと腰をかがめ手を伸ばした時、カイルはふと〝ソレ〟に気づいた。

主人の髪と同じ色だったのですぐには気づかなかったのだが、シリウスの枕元に、カイルの指の長さほどの大きさの、金の羽根が一枚落ちていた。

「何だ……？」

軽い気持ちで摘《つま》み上げようとして失敗する。

かなりの重量で、予想していた重さと大幅に違っていたため摘み損ねたのだった。

「これは……」

見た目には根元のふわふわしたダウンの部分まで完璧に鳥の羽根にしか見えないのに、細かな造形もそのままに、その羽根は全てが黄金でできていた。

慎重に持ち上げて、そっとダウンの部分へ触れると、見た目に反して微細な針金のような硬さがある。

「……？」

人間が作れるような代物では絶対にない。

だからといって、細工が得意なドワーフにも不可能に思える精緻《せいち》さだった。

まるで抜け落ちた鳥の羽根が、そのまま黄金に変化してしまったような。

「もしや……」

主であるシリウスの仕業としか思えない。

どうやったのかは想像もつかないが、カイルの主人にはまだまだ未知の力があった。

「シリウス様……、シリウス様……」

そっと肩をゆり動かして、主人を起こす。

「ん……カイル……？」

かわいらしい声で呟き、シリウスは小さくあくびをした。

「ふぁ……」

紫色の大きな瞳が開かれて、カイルを見つめる。

「……んーおはよう、カイル」

その瞳に魅了されながら、カイルは極上の微笑みを主に返した。若い女性が目にしたら、例外なくたちまち恋に落ちてしまいそうな、さわやかな笑みだ。

「おはようございます。お起きになられますか？」

「うん、ちょっと眠いけどもう起きる。……今日はいい天気？」

天気が良かったら、お昼は外で食事をしましょうと前日に約束していたので、今日の天気は重要だった。

「少々曇っておりますが、この程度なら大丈夫でしょう」

雨が降るようなことがあったなら、カイルは主人に気づかれないように雲を吹き飛ばしてしまうつもりだった。

もちろん、周囲になるべく迷惑がかからないよう、中庭の上空だけをピンポイントで。

シリウスが上半身を起こし、顔を洗うのを手伝う。

着替えのためにベッドから下りた時、カイルは先ほどの黄金の羽根を差し出した。

「ところでシリウス様、これが何かご存じですか？」

シリウスがその羽根を見ても動きを止めず自分で衣服を脱ぎ始めたので、カイルも慌てて羽根をベッドへ置き、主の着替えを手伝った。着替えながらシリウスは、

「それ、ぬいてみたんだよ」

と、普通のことのように言う。

「抜いた？」

「うん」

「何から？」

さっぱり意味が分からなかったカイルは思わず主人に質問を重ねてしまう。

そんなカイルの様子がおかしかったのか、シリウスはクスクスと笑っている。

「ぬけたらすぐかたくなっちゃったけど、くっついてる時はふわふわだったんだ」

「ええと、金の翼の鳥か何かがいたということですか？」

あんまりカイルが理解できていないようだったので、シリウスは逆に不思議になったようだった。

「ぼくのだよ」

「ぼく、というのは……」

ボク、という鳥か何かだろうか、などと間の抜けたことを一瞬考え、それからすぐにハッとする。

「シリウス様の？」

シリウスはコクンと頷くと、説明するより見せたほうが早いと思ったのか、着替え途中で上半身裸

の姿のまま、タタタ、とカイルから離れて部屋の真ん中で目を閉じた。

それは一瞬のことだった。

じつにあっさりと、何の気負いも集中もなく、室内に金色の眩しい光が満ちたと思った次の瞬間、

「シリウス様……」


背に金色の翼を負ったシリウスが、まっすぐに紫の瞳をカイルに向けていた。

カイルの見たところ、シリウスの翼は広げれば片方だけでも本人の身長と変わらないほど大きく優雅だった。

言葉に言い表せないほどの感動がカイルを包み、その美しさに目を奪われる。

だが同時に混乱もしていた。

シリウスは【竜人】のはずだし、気配も魔力もオーラも【竜人】のそれだったけれど、背に現れたのは鳥のような羽毛に包まれた翼だ。

竜の翼はコウモリのような形状のものしか知られていない。そもそも、翼だけ背に顕現させる方法も、カイルは知らなかった。

信頼する友人であるカイルがとても驚いているようだったので、シリウスは首をかしげた。

そもそも、シリウスが飛んでみたい、翼がほしい、と考えるようになったのは、カイルが竜になっ

て飛んでいる姿を見たからだ。

憧れの翼を持っている本人であるカイルが、何故か驚いているので不思議だったのだ。

「ほら、この羽、さわってみて」

呆然としているカイルに、シリウスは普通に話しかけてくる。

「えっ！」

「ほら、ここ」

神々しいとしか言いようのない金の翼に、触ることなど許されない気がした。

けれど、カイルの動きをじっと待っている主人を裏切るわけにもいかず、恐る恐る、その羽毛へ触れてみる。

「ふ……」

枕辺にあった、硬い金の羽根の感触を予想していたのだが、

「ふわふわです……っ！」

柔らかく、あたたかく、同時に冷たく、一枚を抜いて手にとって見たわけではないが、きっと重さを感じさせないほどに軽いだろうと思われた。

「ね、すごく気持ちいいから、だれかにあげようと思ってぬいたんだけど、ぬけたらかたくなっちゃったんだ」

そう言って、カイルを見る。

「ためしにもうひとつ、抜いてみて」

「は……？」

「おっきいのは痛いかもしれないから、真ん中へんの」

「……！？！？」

今度こそ、カイルはパニックになった。

「い、いけません！」

その場からすごい勢いで後じさり、ぶんぶん首をふる。

「？」

自分の守護者があんまりにも動揺しているので、シリウスも驚いたようだった。

「わるいことだった？」

「い、いえ、いけなくはないのですが。と、とにかく、私には無理です！」

首をかしげつつも、いけなくはない、と聞いて安心したのか、シリウスはカイルが止めるまもなく、ぷつん、と自分で羽根を抜いてしまった。

一枚羽根を抜くと、すぐに翼のない、いつものシリウスの姿に戻り、たたたた、とカイルにかけよってきて、抱きつく。

「ほら！」

無邪気な笑顔で差し出された羽根を、ついカイルは受け取ってしまったが、手の中の羽根は、みるみるうちに重く、硬くなり、あっという間に金で出来た、最初の羽根と同じ物体になってしまった。

呆然としているカイルに、シリウスは、

「カイルにあげるね！」

と、無邪気に笑いかけるのだった。


飛んでみたくて練習していたんだ、と、カイルに着替えを手伝ってもらいながら、シリウスは自分から抜いた羽根をくるくる回す。

二度目に抜いた羽根のほうはカイルが大事に大事に自分の胸元へしまった。

「カイル、空を飛んでいたでしょ？　ぼくも飛んでみたい。兄上にどうしたらいいのって聞いたら、兄上は飛べないんだって」

「人間は普通飛べないものなのです」

「でもカイルは飛んでたし、だからぼくも出来るって思っていたんだけど……。カイルって、ふつーじゃないの？」

自分は【竜人】で、一般の人々とは全く違っていると、当然自覚していたカイルだったが、愛する主人に面と向かって「普通じゃないのか」と問われると、なんとなくショックであった。

「え、ええと。……普通……ではないかもしれません」

心の迷いが歯切れの悪い返事を生んだが、シリウスは全然気にせず次の話題へ移る。

「魔術師は飛べる？」

「飛べる魔術師はかなりの上級者でしょうね」

さあ、着替えは済みましたよ、と、笑って、カイルはシリウスの手を握った。

「お食事にまいりましょうか」

「うん！」

元気よく返事をして、シリウスはカイルと並んで部屋を出る。廊下へ出たところで、ちょうど食事のために二人を迎えに来たアルファと出会った。

「おはようございます、我が君」

相変わらず落ち着き払った声で、しかし幸せそうな微笑をたたえ、自分の主に腰を折ったアルファは、シリウスが手に持った金の羽根に気づいた。

「それは……？」

「おはよう、アルファ。これあげるね」

差し出された黄金の精緻な細工物を見ると、アルファはすかさずその場に跪《ひざまず》いた。

深く頭をたれ、眩しそうに主を見上げる。

「私めに、賜りものを……？」

「本当はふわふわのをあげたかったんだけど……」

シリウスが差し出した羽根を、アルファは両手で恭《うやうや》しく押しいただいた。

「ありがとうございます、我が君……」

感無量、といった様子で、金の羽根を胸に押し付ける。

「我が君から最初にいただいた賜りもの、このアルファ、一生大事にいたします」

シリウスはそれを見るとちょっと首をかしげ、アルファはおおげさだなあ、と笑ってから、

「そんなのだったらほしいだけあげるのに！」

膝をついたままのアルファに抱きついた。

彼らの様子を傍らで見ていたカイルは、実のところ内心非常に後悔していた。

カイルにあげるね、と、気軽に言われて、喜びのあまり素直にその場であっさり受け取ってしまったけれど、よく考えてみたら、確かにアルファの言う通り、主からの最初の賜りものではないか。

これから、自分が死ぬまで、何百年も一緒にいるつもりだけれど、その中で、一番最初。しかももしかしたら、シリウスという少年にとっても、誰かに何かを贈るのは産まれて初めてだったのではないか。

とんでもなく貴重で重要な出来事だったはずだ。

それなのに……。

自分もあんな風に膝をついて、正式な形で受け取れば良かった。

誰かに膝をつく、なんて行為に慣れていなかったため思いつかなかった。


やりなおしたい……。


もんもんとしている間に、アルファはシリウスを抱き上げ、どんどん食堂へと歩いていく。

「シ、シリウス様……！」

慌てて声をかけると、アルファが立ち止まり、二人でカイルを振り向いた。

「どうしたの？　朝ごはん、食べに行こう？」

「い、いえ、何でもございません」

どうしても「やりなおしたい」などとはとても言い出せず、カイルはしょんぼりと二人の後を付いて行ったのだった。


「それでカイル、これがなんなのか、そなたは知っているのか？」

朝食の後、勉強のために家庭教師と図書室に籠もるシリウスと別れ、二人は図書室の向かいの部屋で話しあっていた。

「……」

「よく見れば、俺が賜った羽根と、そなたが賜った羽根とでは、微妙に形が違うようではないか？」

シリウスから貰った金の羽根を、カイルはハンカチの上に乗せて指先で何度も何度も撫でていた。

「おい、カイル」

「……」

まだ朝の後悔がさめやらないのだった。

アルファも胸元にしまっていた羽根を取り出す。

金で出来た羽根は、生きた鳥から抜け落ちた羽根そのものにしか見えず、櫛のように精緻な羽毛の毛並みや、ダウンの部分の糸よりも細い部分までもが再現されている。しかし重さも色も触り心地も、それは間違いなく黄金だった。

指の長さほどの大きさだったが、細工の緻密さを抜きにしても相当の価値があるだろう。

手の平に乗せて慎重に意識を集中してみれば、薄い金の羽根の細工には、相当の魔力が秘められているように思えた。

あからさまに魔力を放出しているのではなく、アルファほどの人物が相当に集中して探らなければ分からないほど、強大なものが隠蔽されている。

意図してそうしたのではないようだったし、探れば探るほど、それはとても心地よい魔力だった。

魔法道具は星の数ほどあるが、これほどまでに見事に性能を隠してある道具は見たことも聞いたこともない。

「カイル！」

「！」

ビクンと肩を跳ね上げた後、カイルは急いで居住まいを正した。慌てた自分をごまかすように咳払いをしてから、表情を引き締める。

「何だ」

「何だじゃない……。これがなんなのか、知っているのかと聞いたのだ。これほどの品、もしも国宝の類だとしたら、安易に受け取ってしまってはシリウス様がお叱りを受けるかもしれぬではないか」

「あ、ああ。その心配はない」

カイルは早朝に部屋で見た全てをアルファに説明した。

「なんと……」

アルファは絶句し、改めて羽根を見る。

「ではこれは、シリウス様ご自身の羽根であらせられるのか……」

そっと両手で持ち上げ、再び胸に押し当てる。

「なんとお優しい力に満ちているのだろう……」


竜の鱗といえば、最高級のお守りとして有名で、かなりの高値で取引されている。

幸運をもたらすといわれ、実際に運命線を左右するほどの魔力を内包した代物だ。

だが竜本人がもたらさなければ決して抜け落ちるものではなかったので、本当に貴重で希少な品物でもあった。

アルファには、シリウスの羽根も、まさしく竜の鱗と同じように、持ち主を守護する力に満ちているように感じられた。

「……俺はこれを、マントを留めるピンに加工して使わせていただこう」

常に肌身離さず身に着けていたい、と、アルファはしみじみと呟いた。

それを聞いたカイルは目を丸くする。加工して身に着ける、なんて、考えもしなかったのだ。

アルファの黒衣に、きっとそれはとんでもなく美しく映えるだろう。

カイルは考えた。

どうすれば一番、この賜りものを身近に感じていられるだろう。しばし悩み、決意したように頷く。

「では私はペンダントにさせてもらおう。服の内側に入れて常に肌へふれさせておきたい。きっと私を守護してくださる」

カイルの思いついたアイデアに、アルファは少々羨ましそうな表情をしたが、自分の考えを曲げたりはしなかった。

「それにしてもカイル、お前は幸福な男だ」

しみじみと言って、溜息をつく。

「我らが君の背に翼が……。さぞかし美しかったであろうな」

「ああ……。素晴らしかった。金色に輝いて……」

うっとりと呟き、あの姿をしっかり思い出すために、また貰ったばかりの羽根を撫でる。

「俺も早くお見せいただきたいものだ。……カイル、そなたが羨ましい」

アルファは金で出来た羽根をつまんで、そっと自分の額に押し当てた。

5話 【竜人】とウェスタリア

私の友人が久しぶりに城へ遊びに来たのは、私の大事な弟、シリウスが〝卵〟から産まれてから一ヶ月後のことだった。

訪ねてきてくれたのは士官学校の同級生で幼馴染のロンだ。

彼は私が小さな頃からの友人であり、彼の両親は私の両親の友人でもある。

国王夫妻である私の両親が気兼ねなく話せる、数少ない本物の友人夫妻だ。

だから父上も母上も、私と同じ年に産まれたロンと私にも、同じような友誼《ゆうぎ》を持ってほしいと思ったのだろう。

毎日のように城へ通ってきてくれた彼と私は、すぐに親友同士になった。

まさに親たちの思惑通りだったわけだが、そんなことはどうでも良かった。とにかく彼と過ごすことが楽しかったのだ。遊んだり、勉強したり、時には一緒にいたずらをして叱られたり。それまで友人がいなかった私は、彼のお陰で初めて年相応の子供らしく過ごせるようになった。

私にとっては、ため口で嫌味を言いあえて、適当な姿勢で適当な本を読んでいてもお互いになんとも思わない、唯一の相手だ。

一ヶ月もの長い期間、私がロンと会わなかったことはあまりない。

だが今回は士官学校が長期の休みに入っていたことと、この一ヶ月、何かとゴタゴタしていたことが重なり、ほとんど外出することもなくずっと城へ籠もっていた。

時間に余裕ができれば少しでもシリウスと一緒にいたかったせいもある。

しかしあれから一ヶ月がたち、私や、私の家族、城につめている兵士や【竜人】たち、つまりシリウスに関係している人間全てに生活のリズムが生まれて余裕が出てきた。

一ヶ月も音信不通だった不実な友人である私を、ロンは責めたりはしなかった。

「久しぶりだね」

のんきに片手を上げて私の部屋に入ってきた彼は、いつもとまるで変わりがない。

ロンはいつも砂色の髪を後ろで一つに束ね、やや目じりの下がった穏やかな顔をしている。

私と一緒に士官学校へ通っているロンだが、彼は武芸よりも座学のほうが成績が良かった。

ロンは私の弟が〝卵〟だったころのことを知っている。

いやむしろ〝卵〟の弟しか知らない。

まだあの真っ白な入れ物から、世にも愛らしい天使のような子供が産まれたことを知らないのだ。

あの〝卵〟について、ロンは沢山の文献を調べ、助言もしてくれた。

それらは得てしてあまり良くない情報であることが多かったが、それでも彼が真剣に私や家族を心配してくれていることが嬉しかった。

「最近さっぱりお誘いがないから、ボクから遊びに来てみたんだけど、今日も忙しかったかい？」

「いや、まあ暇ってわけじゃないが、忙しいってほどでもない。お前が来てくれたなら紹介したい相手もいるし、ちょうど良かった」

今一つ歯切れの良くない返事にロンは首を傾げたが、それでも嬉しそうに笑って付いてくる。

シリウスの部屋へ向かいながら、私は事情を説明した。

「……ロン、例の〝卵〟のことなんだが……」

「ああ、どうだい？　何か変化はあった？」

「実は〝卵〟が割れた」

「わ、われ……っ!?」

その時のロンの顔は、私も見たことのない複雑なものだった。一番はもちろん驚きだが、その後どういう表情をしたらいいのか分からない、というような。

いつもは細い目が、いっぱいに見開かれている。

「ははははっ」

私は思わず笑ってしまった。

すると途端にロンがむくれる。

「からかったんだな。全く、国民をからかうなんて、次の国王としてどうかと思うよ」

そうは言ってもロンも微笑んでいた。私は素直に謝罪する。

「いやすまない。でも割れたのは本当だ」

「えっ！」

「ちゃんと子供が出てきた。男の子だ」

ロンはその場へ立ち止まり、まじまじと私を見つめる。

「冗談……じゃない、んだよね？」

「もちろん、本当だ。これからその子に会ってくれるか？」

数秒の間、ロンはポカンと口をあけて私を見ていた。

だがすぐに駆け寄ってきて、すかさず私の両手をとった。

「おめでとう！　ルーク！」

見ればロンの細い目じりから涙がこぼれている。

「ルークはずっと、弟に会いたがっていたから、きっと神様が願いを叶えてくださったんだよ」

ぶんぶんと私の両手を上下にふりながら、興奮冷めやらぬ様子だ。

「ありがとう、……ロナルド……」

私もなんだか泣けてきた。

シリウスという、最高の弟の存在が、改めて奇跡のように思えてきたからだ。


二人で廊下を歩いたのはそれほど長い距離ではなかったが、私もロンもなんとか心を落ち着けて、シリウスの部屋の前へ立つ。

ここへ到着するまでに、シリウスが産まれた時、すでに七、八歳ほどの外見年齢に達していたことや、言葉もちゃんと理解出来ることは説明した。

後のことは、まあ、見れば大体分かるだろう。

大体、というのは、あれだ、【竜人】たちのこととかだ。

あいつらのことを詳しく説明するのはなんというか、正直気が乗らないし、複雑すぎて面倒くさい。

扉をノックすると、かわいらしい声で「はい！」と元気の良い応答があった。ロンと視線を交わす。

「シリウス、ルークだ。今入って構わないか？」

声をかけると返事の代わりにパタパタと軽い足音が近づいて、扉が内側から開いた。

「兄上！」

すかさず私の腰の辺りに抱きついてきたのは、もちろん私の大事な弟だ。

「ははは、元気だな」

さらさらの金の髪を撫でてやると、くすぐったそうに首をすくめる。

シリウスは顔を上げて、それでようやく私の隣に立っているロンに気づいた。

大きな紫の瞳を向けられて、ロンが硬直している。

「兄上、この方は……？」

「私の友人だ。紹介したくて連れてきたんだよ。ロン、この子がシリウスだ。シリウス、友人のロナルドだよ。ロンと呼んでいる」

するとシリウスは礼儀正しくぴょこんと頭を下げて、

「はじめまして、シリウスです。よろしくお願いします」

と、身分の差を感じさせない子供らしくかわいらしい挨拶をした。

それまで失礼なほど微動だにせずシリウスを見つめていたロンだったが、挨拶されてようやく我に返ったのだろう、慌ててその場へ膝をついた。

「シリウス殿下、初めてお目にかかります、ロナルド・ヴィ・フォレストと申す者です。今後度々お目にかかるかと思いますが、お見知りおきを」

などと、これ以上ないほど堅い挨拶をしていた。

「ロン……、お前、私に対しては砕けまくっているくせに……」

つい私が恨みがましい口調になってしまうのも仕方がないだろう。

だが我々二人よりシリウスはもっと大人だった。

「ぼくも『ロン』ってお呼びしてしまっていいのでしょうか」

「も、もちろんです！」

「じゃあ、ぼくとも、兄上と同じように普通にしゃべってね、敬語じゃなくて」

ニッコリ笑って、ロンの手を握る。

私は私の友人が、一瞬にして弟に悩殺される瞬間をじっくり観察した。

しかしシリウス本人は、もちろん相手を悩殺している自覚など皆無なので、

「ぼくの友達も紹介するから中へ入って！」

部屋の中へ駆け戻ってしまった。

「友達？」

ロンが私を振り返る。

「……ああ、お前、気をつけろよ」

としかアドバイスしてやれない。

【竜人】たちは私に対してシリウスの兄として、一応それなりに遠慮してはいるようだったが、もしそうじゃなかったら、私など道端の石と変わりない存在であるに違いない。

私に続いてロンが室内へ入ると、案の定、【竜人】二人がロンのことを上から下までじっくりと観察している。

持ち込まれた家具が安全な代物かどうか、品定めしている目だ。

「こっちがアルファで、こっちがカイル、二人とも、ぼくの友達だよ！」

シリウスがそう紹介すると、【竜人】二人は揃って動揺した。

「我が君、友人などと、もったいのうございます。俺たちは単なる僕《しもべ》にすぎませぬ」

「シリウス様、お言葉は嬉しいですが、私もアルファと同じです。友人だなどと恐れ多い」

などと口々に言うのだけれど、シリウスは全然気にしていないようだった。

【竜人】たち以上に困惑している様子なのは、もちろん我が親友、ロナルドだった。

部屋に立つ二人の男たちは、どう控えめに見ても、尋常な人間ではない。

小さな子供だって「あのお兄さんたちなんかよく分かんないけどすごい」と言うに違いないのだ。

「すごい」か「怖い」かは、その場の状況によるだろうが、とにかく黙って立っていても目立つことこの上ない二人なのだ。

私はロンに小声でそっと助け舟を出した。

「シリウスの護衛を申し出てくれている人たちだ」

「護衛……」

確かに腕っ節は間違いなく強そうだったので、それで一応納得したらしい。

二人のうち、アルファがまず近づいてきたが、その威圧感は半端じゃない。

ギロリと睨む黒曜石のような瞳は、真っ黒のようでいて、緑や金の複雑な色の光を放っている。

ちなみにその視線の中に含まれる友好的な成分は限りなくゼロに近い。近いというかゼロだ。

「主人に何かしたら殺す」と無言の圧力を、王太子の親友に遠慮なく注ぎ込んでくる。

ロンはゴクリとつばを飲み込んでから、

「ロ、ロナルド・ヴィ・フォレストです。よろしく」

と、健気にもなんとか言いきった。

続くカイルはアルファよりまだマシだったが、ロンに対して全く興味がなかったせいかもしれない。

全く興味がない、という感情を一切隠そうとしないあたりがいっそすがすがしい。

好きの反対は無関心とはよくいったものだ。

ロンの前に立っているくせに、紅玉のように輝く赤の瞳はしっかりシリウスへ向けられている。

二人とも嫌味なほどの美形なのに、人生の全てをシリウスに捧げると言いきっているヘンタイたちなのだ。

いや、忠誠を誓ってくれるのはいい、大歓迎だ。

だが物事の一から十まで、全部シリウスが基準というのがどうかしている。

私をないがしろにしないのは、シリウスの兄だからで、うちの両親に敬意を払うのも、シリウスの親だから、だ。

ではシリウスの友になってくれそうな、ロンに対してはどうかというと、害にならない限りは果てしなくどうでもいい存在、そこらへんに生えている雑草に向ける視線よりはいくらかマシ、といったところだ。

「それじゃシリウス、また後でな」

「兄上、もう行っちゃうの？」

【竜人】たちに何の前知識もなく出会ってしまったロンが半ば呆然としていたので、私はとりあえず一旦部屋を辞去することにした。このままでは彼が気の毒だし、事前に説明しなかった罪悪感もある。

「勉強中だったんだろ？　兄上はロンと少し話があるから」

「そうなのですか……」

ああ、シリウス、しょんぼりしないでくれ。

少し寂しげな表情も、私が去ってしまうせいだと思うと、どうしようもなく愛おしい。

部屋を出た途端、ロンは今まで耐えてきた我慢がもう限界という様子になり、早足で歩き始めると、はやくはやく、と、身振り手振りで私を呼び寄せ、大急ぎで勝手知ったる私の部屋へと駆け込んでしまった。

バタンと扉を閉め、呼吸を整える余裕もなく、

「なんなんだあれ！」

と、叫んだので、私は苦笑した。

「弟だよ」

「お、弟君のことも……、驚いたが……」

急に夢見るような目つきになって口調が和らいだと思ったのだが、

「シリウス殿下のほうじゃなくて！」

そうだよな……。

「護衛の二人か？」

「本当に護衛なのかあれ！　あんなの前から騎士の中にいたか？」

ロンに「あんなの」呼ばわりされたと知ったら、あの二人はどうするだろう。

いやどうもしないだろうな、【竜人】たちにとって、ロンは雑草よりいくらかマシぐらいの無害かつ無意味な存在だから、何を言われたところでシリウスに害にならない限りは一切気にしないだろう。

「ロン、お前、あの二人がどんな風に見えた？」

私は初対面から彼らが【竜人】と知っていたのでそれなりに対処したが、知らない人間にはどう映るのか少々興味があった。

問われたロンは興奮さめやらぬ様子だ。

「どんな風？　……と、とにかく普通じゃないよ」

「どんな具合に普通じゃない？」

「どんな具合って……」

言い淀んでいる間に、私はすかさずロンに椅子を勧めた。素直に腰掛けて、ロンはようやく一息つく。

「まず、あの赤い髪の……」

「カイルだな」

「ボクのことを道端の雑草でも見るような目つきで見ていたし、王太子であるお前に対しても、大して変わらない目つきをしていたよね」

道端の雑草よりは、マシぐらいだったんだぞ、あれでも。

「それに、あの黒いほうも……」

「アルファだ」

「もしあの部屋でボクが殿下に触ったりでもしていたら……」

ゴクリ、とつばを飲む。

「殺されていたかも……」

表情が真剣だ。冗談がひとかけらもない。

「まあ、そうかもな」

もちろんその通りだったので、肯定してやった。

触ったぐらいなら許してくれそうな気もするが、まあ殺されなくて何よりだった。

「それに二人とも、見たことがないほど美形だったたし、とんでもなく強いオーラを感じた。髪の色も、目の、色、も……」

そこでハッとなる。

【竜人】の髪や目が、よく見れば一般人にはない複雑な色をしていることを知っている人間はあまりいない。

秘密にされているわけではないが、近くでよくよく見なければ気づかないし、目にする機会がないので広まっていないのだ。

もちろんロンも実際に見たことはなかっただろうが、【竜人】の髪や瞳が、よく見れば金属のように複雑な光沢を持っているということは知っていた。

〝卵〟の研究をしてくれていたころ、ほかならぬ彼自身が【竜人】の特徴について語ってくれたことがあったから。

カイルとアルファの容姿を改めて思い返し、ロンは気づいたのだろう。

「まさ、か」

さすが頭の回転が速い友人は察しが良くて助かる。

「……【竜人】、なのか?」

「黒竜公と、赤竜公だ。シリウスの護衛をするといって、意地でも居座って出て行かない」

「!?!?」

私はつい、深々と溜息をついてしまった。

今まで誰かに相談したくともできなかったことだ。

私は事の次第を説明した。

シリウスが産まれた日のことを事細かに。

「あの【竜人】たちには、ほとほと困っているんだ。四六時中、一時もシリウスから離れようとしない」

額を押さえて呻いてしまう。

「夜はどちらがシリウスの扉を護衛するかで揉めるし、朝は水桶を持ってシリウスの部屋へ入って、着替えも洗顔も手伝ってやっている」

「せ……洗顔を手伝う？　【竜人】がか？　お前それは相当におかしな事態だぞ！　【竜人】はいわば国を持たない王のような存在だろう。絶対誰にも忠誠を誓わない生き物のはずじゃないか！」

おかしな事態なのは重々承知なのだけれど、どうしようもないんだこれが。

「まあな。乳母や侍従もやることがなくなってしまっているし、あいつら自身が教えたがるせいで教育にも支障がでている。そもそも私自身がろくにシリウスとゆっくり会うこともできない」

「……」

ロンはポカンと口をあけたままだ。

「おっぱらってしまいたくても相手は【竜人】だから、無下に扱うわけにはいかないし、本当に厄介だよ」

「ルーク……」

「私は段々、彼らが【竜人】に見えなくなってきているんだ。あれは本当に【竜人】か？　お前の言う通り、【竜人】ってのは国にも個人にも忠誠を誓ったりしないんじゃなかったのか？」

はー、と、またしても深く溜息をついてしまう。

ロンは疲れ果てた私の様子を見て、逆に少々普段の調子が戻ってきたようだった。

「ルークがそう言うなら、本当は【竜人】じゃなかった、などということも、ありえるんじゃないか？　【竜人】を騙った偽者の可能性が」

「いや……、実はあの赤いほう、カイルが竜になったところは見たことがあるんだ」

「何だって？」

それがどれだけ希少で、貴重で、幸運なことなのかは分かっているつもりだが、あのまま飛んで行って帰ってこなければなお良かったのにと思う。

「とにかくルーク、これは尋常な事態じゃないぞ」

「まあな」

「まあな、じゃない。きっとお前も、お前のご両親も、皆普通じゃない事態に気が動転して気づいていなかったのかもしれないが、これは大事件だ」

「大事件なのは分かっているつもりなんだが」

そうじゃない、と、こぶしを握り、ロンは椅子から立ち上がった。

「他の国が黙っていないぞ。戦争になるかもしれない……！」

「！」

まさか、と、思ったが、言われてみれば確かにその可能性はゼロじゃない。

「ルーク、国家や個人が【竜人】の所有権を主張してはならないというのは、子供でも知っている世

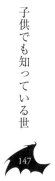

界の条約だ」

「……もちろん、知っている、知ってはいる、が……」

私は呟いた。

「……誰もあいつらの所有権を主張したりはしていない。シリウスだって……。【竜人】たちが勝手に忠誠を誓って強引に居座っているだけなんだ」

「事実はそうでも、他の国は納得しないだろう。赤竜公の祖国……アレスタはどう言ってきた」

「アレスタ……、いやまだ何も……。カイルも何も言っていなかった」

カイルは竜になって自国へいったん戻り、両親への説明は完了したと言ってその日のうちにさっさと帰ってきた。

「対処に時間がかかっているだけだろう。【竜人】の所有権そのものは主張できなくとも、生国であれば守護を期待するのは当然だ。【竜人】一人は十万人の兵士の価値に勝るのだから」

私は目を閉じた。

父上が、先日から重鎮たちを集めて何度も会議を開いていることを思い出したのだ。

会議は深夜まで続き、それ以後、以前よりずっと頻繁に開催されている。

父上は予算会議だと言っていたが、いつもの予算会議とはあきらかに違っていた。

だがここしばらくゴタゴタしていたので、そのせいで会議も長引いているのだろうと、そう思っていた。

「ロン、父上はおそらくそのことに気づいている」

私だけがのんきに暮らしていたというわけだ。

「……でも、おそらく私たちにはどうすることもできない」

彼らの行動を制限出来る人間など、どこにも存在しないのだ。

……私の愛しい弟以外に。


その日、シリウスは日課を終え、信頼する護衛兼友人であるカイルとアルファを伴って、中庭へ出ていた。

日差しの強い午後の時間を過ぎたので、木陰をめぐる涼しい風が心地よい。

庭師がカエデの木へ取り付けた小鳥用の巣箱に、シジュウカラが出入りしている様子を、怖がらせないよう離れた場所から飽きずに眺める。

そんなシリウスの足元を尻尾の大きなリスが駆け抜けた。

庭で一番大きな胡桃の木へ駆け上り、遥かな樹上からシリウスたちを興味なさそうに見下ろしている。

「かわいいね！」

ニコニコしながら話しかけられて、【竜人】二人の相好が緩んだ。シリウスはリスが登った胡桃の木の根元へ立って、木の肌へ手の平を当てた。

登れたらと思ったのだが、まっすぐに伸びた胡桃には足をかける場所がない。もう一度樹上を見上げた時、シリウスは少しだけ目の回るような感覚を覚え、背後によろめいて、たたらを踏んだ。

「シリウス様！」

すかさずカイルとアルファが背中を支えたが、二人の反応が大げさなのでシリウスは少々気恥ずかしい。

「ちょっとバランスをくずしただけだよ」

「我が君、そろそろ冷えてまいりますゆえ、城内へお戻りになりませんか」

アルファは主人の顔色があまり良くないことに気づいた。

「……失礼を」

心配になって幼い主人の頬へ触れてみると、案の定冷たくなっている。

「お風邪を召される前に、お部屋へ。あたたかい飲み物を用意させましょう」

「うん……」

シリウスは少し名残惜しそうに胡桃の木を見上げたが、木の上にさっきのリスの姿はもうどこにもなかった。

夕食時、アルファもカイルも、庭で若干不調な様子だったシリウスを慎重に観察していたが、彼らの主はいつもどおりきちんと食事をし、デザートまで残さず食べたので心から安堵した。

やはり昼間のことは樹上を見上げたことでバランスを崩しただけだったのだ、と。

けれどその日の深夜、シリウスはひどい頭痛に襲われ、心地よいはずの眠りを妨げられた。

いつもなら、窓から朝日が差し込むまでシリウスは子供らしくぐっすり眠る。

指をこめかみへ当て、暗闇の中そぅっと目を開けてみた。その途端、世界がぐるぐると回っているような感覚が襲ってきて、体を起こすことができなくなってしまった。

今、室内は真っ暗だったが、それでも薄ぼんやりと見える天井が、ゆらゆらぐるぐると歪んで動き続けているように見える。

「カイル、アルファ……」

心細くなって二人の名前を呼んでみたが、全力で振り絞った声はささやくような音量にしかならなかった。

助けを呼ぶ声があまりに小さすぎたため、誰にも気づいてもらえず、応答もない。胸に誰かがのしかかっているように呼吸が苦しかった。

寒気がひどくて体がふるえ、凍えるように感じているのと同時に、体の中は燃えるように熱い。

「誰か来て……」

もう一度呼ぼうとしたが、やはり声が出ない。

シリウスはふらふらする体をなんとか強引に起こして、転ぶようにベッドから下りた。

床が波打つ錯覚の中で歩を進め、なんとか転ばず扉まで到着したが、手に力が入らなくて重いオークの扉が開けられない。

しかし扉の前まで近づいた時、扉の外側にいた人物のほうが中の気配に気づいて顔を覗かせてくれた。

「我が君、どうなさいました？」

今日、この時間の見張り番はアルファの担当だった。

アルファが夜の当番の時は、扉の外で剣を携えて立ち、主を守っている。

魔法が堪能な黒竜公アルファは、普段帯剣することはめったにないのだけれど、城の内部で扉の前を守るという役割上、ウェスタリアの体面を慮って、騎士のように振る舞っていた。

シリウスは信頼する友人の、黒曜石のように輝く落ち着いたまなざしを目にして、安堵のあまり涙が出そうになった。

「アルファ……」

縋るように手を伸ばすと、すかさずその手を握られる。

「どうなさいました？　眠れないのでしたらお側におりますよ」

この上なく優しい笑みを浮かべ、アルファは主人に視線を合わせてその場へ膝をつく。

過去にこの恐るべき人物に出会ったことのある人々が見たら、皆口をそろえて、これは別人ではないか、と疑うような、愛情に溢れた笑みだった。

「あのね……」

抱き上げてほしくて、そう伝えようとしたが、声を上げようとした瞬間、急激に目の前が暗くなってアルファの顔が遠くなる。

「我が君！」

アルファの慌てた声がシリウスの耳に届いた。

一瞬飛んだ意識が戻ると、自分は今、床の上へ倒れているのだと気づく。

大理石の床は痛いほどに冷たく、触れているだけでぞくぞくと体が震えてしまう。

「我が君！」

アルファがもう一度叫んだ。

普段のアルファは、常に落ち着きはらった低い美声であったため、動揺しきった彼の声を聞いたシリウスは、大事な友人が自分のことをとても心配しているのだと気づいた。普段からアルファが心配性なのは知っていたけれど、実際にこんなに動揺しているアルファを見るのは初めてだ。

安心してもらいたくて、体を起こそうとするが力が入らない。

「だい、じょぶ……」

すこし目が回っているだけ。そう伝えようと思ったが、息が苦しくてままならなかった。

覗きこむようにして支えてくれているアルファの顔は、今にも泣き出しそうなほど不安げに見えた。

「心配しないで、アルファ……」

もしかして、本当に泣いてしまっているのだろうかと、手を伸ばして信頼する友人の頬へ触れる。

濡れてはいなかった。

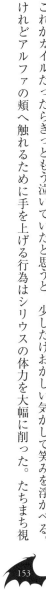

これがカイルだったらきっともう泣いていたと思うと、少しだけおかしい気がして笑みを浮かべる。

けれどアルファの頬へ触れるために手を上げる行為はシリウスの体力を大幅に削った。たちまち視界が狭く、暗くなり、再び意識を失ってしまった。

「シリウス様!」

アルファは必死で名前を叫んだが、大切な主人は目を覚まさない。

混乱のあまり爆発しそうになる自分を、落ち着けと必死で叱責し、意識のない細い体を抱き上げようとしてなんとか思いとどまった。

脳に何か異変があったのなら、動かしては事態を悪化させるだけだと思い至ったのだ。

「誰か……」

偉大なる黒竜は人生で初めて動揺し、胸が押しつぶされてうまく呼吸ができなくなっていた。

だがアルファはいつまでも混乱状態ではいなかった。

きつく目を閉じると、とにかく冷静になれと己に言い聞かせ、深呼吸をして強引に自分を落ち着かせる。

再び目を開いた時には、漆黒の瞳に理性の光が戻ってきていた。

改めて大切な主人の脈を見る。掴んだままだった小さな手の平が氷のように冷たくなっていた。

昼に頬へ触れた時、何故もっと危機感を抱かなかったのか、何故もっと早く異変に気づかなかったのかと、自分の至らなさに猛烈な怒りが湧く。

建物ごと吹き飛ばしてしまいそうな怒りの波動を身の内へ無理矢理押さえつけ、アルファはシリウスの額へそっと触れた。腕と同じく冷えきっている。

無残に床へ散り広がる金髪がひどく痛々しかった。

「誰かいないか！」

アルファは深夜だろうと構わず、声を張り上げ助けを呼んだ。


深夜、突然、目が覚めた。誰かの悲痛な叫びが頭に響いてきたせいだ。

身を引き裂かれるような悲しみの叫び。

「……アルファ？」

「アルファ！」

あれは間違いなくアルファの波動だった。同時に氷を打ち込んだように恐ろしい予感が心臓を貫く。

アルファがあんな風に叫ぶ理由は一つしかないじゃないか！

「シリウス様……！」

毛布を撥ね上げ飛び起きる。

シリウス様の寝所までは廊下を曲がってすぐそこだ。

私とアルファは乞い願ってシリウス様のお部屋の近くへ居室を設けてもらっている。

夜着のまま飛び出し、短い距離を全力で駆け抜けた。目に飛び込んできたのは床へ膝をついてしゃがみこんでいるアルファ。

そしてアルファが手に取っている白い腕。

「！」

倒れている主君を目にして恐怖で鼓動が跳ね上がった。

「アルファ！」

「カイル、誰か、人を……」

うろたえるアルファの声を初めて聞く。

黒竜公は冷静に対処しようとしていたが、その声音には隠しきれない焦りが滲んでいた。

身を翻して医師を呼びに行こうとして、騒ぎを聞きつけ集まり始めた近衛の一人が「先生を呼んできます！」と叫んで先を走っていくのが見えた。

医師の部屋を知らない私が闇雲に駆け回るより、近衛に任せたほうがいい。

シリウス様の傍らへ膝をつく。いつもは透き通るように健康な白い肌が、今は紙のように青白い。

額へ触れようとしてアルファに止められる。

「急にお倒れになったのだ。医者に診てもらうまで頭部へはむやみに触れないほうがいい」

言っている言葉は冷静だったが、そのバリトンの美声は震えていて、ようやく聞き取れるほどに小さかった。

見ればシリウス様の手を握っているアルファの腕も震えているし、顔色も真っ青だ。

そこへ王室詰めの医者が駆けつけてきた。

初老の医師は全速力でここまで駆けた近衛に背負われ、その背から下りる時も若干ふらついていたが、転がるようにシリウス様に近づく。

近衛のほうは力尽きてその場へ倒れこんでしまった。


翌日、昼になっても目を覚まさないシリウス様の私室で、一人で寄り添う。

兄であるルーク殿は長い休暇が終わり、士官学校の宿舎へ一時ではあるが戻ってしまっていて不在。

シリウス様のご両親であるライオネル様とジュディス様は、度々様子を見にいらっしゃるが、公務があるので付きっきりではいられない。

大きなベッドへ横たわるシリウス様は、とても、とても小さくか弱い存在に見えた。

アルファは医師団とともに図書室へ籠もり、原因を探す手伝いをしている。

医者は結局、はっきりとした原因をもっと調べてみないと分からないと言って、人員を増やし図書室へ引き籠もってしまった。

後から駆けつけた私と違い、シリウス様がお倒れになる瞬間を目撃してしまったアルファは相当な衝撃を受けただろう。

だが、最初の頃こそ激しく動揺していたアルファは、真っ青な顔色のまま動き始めた。

私も手伝いたいと申し出たのだが、アルファか私か、どちらかはシリウス様に付いているべきだという結論に達した。

「シリウス様……」

白皙《はくせき》の頬を青白く染め、弱々しく切迫した呼吸を繰り返す主を見ていると、こちらが死んでしまいそうになるぐらい苦しい。

何故代わって差し上げられないのだ。

小さなお手を握りしめるだけで、何もできない私はなんと無力なのだろう。

どんなに強大な力を持っていたとしても、主の役に立てないのならば何の意味もない。

これがご病気ではなく、軽い怪我などであれば、治癒魔法を使用していくらかでもお力になって差し上げられるのに。

「カイル……？」

「！」

うつむいていた私に、かすれてはいるが、いつものかわいらしい声がかけられた。

「シリウス様……！」

「カイル、泣いているの……？」

泣いてなどおりません、そう言いたかったが声が出ない。

いつもキラキラ輝いている紫の瞳が曇っている。

どれだけおつらいのだろう。

「ぼく、だいじょうぶだから、心配しないで」

シリウス様は、荒い呼吸のまま私に向けそっと微笑んだ後、再び目を閉じてしまった。

「シリウス様……」

カイルはそっと呼びかけ、シリウスの額の汗を拭った。そこへ、憔悴した様子のアルファが現れた。

シリウスが倒れてから十二時間以上、アルファは図書室へ籠もりきりだった。体力的には何時間働き続けようと何の痛苦もないだろう強健な男だったけれど、精神的な打撃はアルファを思いのほか打ちのめしている。

「どうだ、お具合は」

「……まだ回復の兆しは見えないままだ。そちらは何か分かったか？」

「いや……」

単なる風邪ならもう薬が効いてもいいころだ。

アルファに続いて入ってきた医師は、改めてシリウスの体を調べ、深く息をつく。

医師が衣服をはだけ、少年らしい細い体のあちこちへ触れても、主人が何の反応も示さず、ぐったりとしている様子を目にして、【竜人】二人は痛ましさに目を背けた。

医師はそんな二人に提案する。

「瀉血《しゃけつ》を試みても良いのですが……」

だがアルファもカイルも是とは言わなかった。

決断を下せる立場にないという理由も大きかったが、何より瀉血は最後の手段にしたい。

この華奢な体の細い腕に傷をつけて血を抜くなど、二人には到底許容できなかった。

医師は一通りシリウスを診ると、今度は国立図書館のほうへ行ってくると言い置いて出て行った。

王宮内の図書室よりも資料の種類も豊富だ。

「……俺も行ってくる」

アルファも立ち上がった。

「今度は私が行こう」

カイルがそう言って、別れのためにシリウスの金の髪へ口付けた時、居室の窓がカタカタと揺れた。

過去に、シリウスが勢いあまって粉砕してしまった窓だ。

三階へ備えられた窓にふさわしく相当に頑丈だったのだが。風の音かとカイルが振り向くと、窓の外に一人の少女が立っていた。

浮いていた、というよりも、すぐそこに地面があるかのように、少女はさりげなく空中に立っていた。

雪を固めたような白銀の長髪を頭上高く結い上げて、日に焼けた褐色の肌は若々しくなめらかだ。

氷色の闊達《かったつ》そうな瞳を輝かせ、少女は窓をノックする。

「黙って見ておらんで、早く開けてくれんかのう」

かわいらしい少女とは思えない喋り方だったが、アルファはすぐに立ち上がった。

カイルとアルファには、彼女が何者であるか一目で分かった。白銀の髪にも、氷色の瞳にも、真珠

のように淡く複雑な色が含まれていたからだ。

遥か西で暮らしているはずの白竜公。齢五百歳を超えるといわれる、現存する中では最高齢の【竜人】だ。

アルファが開けた窓から、少女は「よっこらしょ」と、年寄りくさい声をかけながら入室してきた。

「白竜公、お久しぶりです。しかし何故……」

アルファがシリウス以外に敬語を使っているのを聞いて、カイルは若干驚いた。

どうもこの二人は面識があるらしい。

少女は腰に手を当て闊達に笑う。

「そりゃあ、必要があったからに決まっておる」

白竜公、シャオ・リーは、見た目はカイルよりもさらに幼く、十五かそこらの儚い少女にしか見えない。

女性らしくしなやかな体つきをしていたが、成長途中の女性だけが持つなまめかしさを、その身へ永遠に留めているようだ。

「この数週間、わしはここへ来るべきか否か、ずっと迷うておったのじゃ。だが昨晩未明にそこな黒竜の悲痛な叫びが、わしのか弱い胸をつらぬいた」

そう言って、若々しく膨らんだ胸を押さえる。

「あんな風に叫ばれたら、即刻助けに来んわけにいかぬじゃろう」

「それはありがたいのですが、何故迷っておられたのですか」

アルファは問いかけた。シャオは眠ったまま苦しげに呼吸するシリウスのベッドへ近づく。

「何故って、このお方に会ってしもうたら、わしがわしでいられなくなるかもしれぬと思うたからじゃ」

切ない瞳でシリウスを見つめ、だが躊躇わずその場へ膝をついた。

「我が君、我ら【竜人】をお救いくださる至高のお方。この白竜、改めてあなた様に永劫の忠誠をお誓いいたします」

深く頭をたれ、眠ったままのシリウスの手を取り、恭しく己の額へ押し付けた。

長いことそうして膝をついていたシャオであったが、立ち上がって息をつく。

「この方に会うてしまったら、わしはきっと、こんな風にせずにいられぬと分かっておった。わしの本能が、一刻も早くウェスタリアへ赴き、主にお会いしてお側にいたいと訴えるのでな。じゃが、わしには主のためにもまだやるべきことがある。主と出会えた幸せに浸って腑抜けてしまっては、それが為せなくなるのじゃ」

「シリウス様がどのような方か、白竜公はお会いする前からご存じだったのですか」

「そなたはアレスタの赤竜じゃな」

シャオは氷色の目を細め、若い【竜人】を見つめた。

「五百年も生きておると、いつの間にか色々と知らなくて良いことまで知ってしまうものなのじゃ。

……主は御名をシリウス様、とおっしゃるのじゃな。我らの主が近いうちに世界のどこかでお産まれになることは知っておった。具体的な日時は分からなかったが、お産まれになった瞬間に気づいたよ。そなたらも、お側にいたから何も感じなかったじゃろうが、おそらく遠く離れていても察することが出来たじゃろう。すぐにここへ駆けつけたくなったはずじゃ」

「そ、それならば、何故蒼竜公はいらっしゃらないのでしょうか」

カイルはこの場にいないもう一人の【竜人】の名を出した。

「あの者は、きっと誰よりも……、そなたや黒竜などよりも、一番先にここへ来たかったであろう。……誰よりも、何よりも、切実にこのお方に会いたかったのじゃ。じゃが……」

シャオは目を伏せる。

「……色々あるのじゃ。若者よ」

「……」

黙りこんだカイルの代わりに、アルファが話しかけた。

「白竜公よ、あなたがここへいらしたのは、シリウス様のご病気を察してのことなのですね」

「うむ」

シャオは懐から白色の輪を取り出した。鈍くなめらかに輝き、とろりとした白い飴細工の中に真珠を溶かして封じ込めたような、不思議な色合いをしている。

「主よ、失礼いたします」

シリウスの手をそっと取り、その手首に輪をはめる。

「それは……？」

「わしの鱗を削って作った道具じゃ。……わしの属性は氷。──それから固定。安定」

愛しい弟を愛でるように、シリウスの金の髪を撫でた。

「この方のお力は本来この世に存在しない物なのじゃ。じゃが、この方の肉体は今現世にあり、幼さゆえに安定せず己の体を傷つけてしまう。不安定な力の流れを一時でも安定させて差し上げれば、ささやかなれど助力となり、後はこの方ご自身のお体が解決なさるじゃろう」

「どういうことなのですか」

アルファが必死の形相で問い詰めるが、シャオは少し寂しげに笑っただけだった。

「今はまだ言えぬ。言うべき時ではない。自然と分かることを無理に知ってしまうと、この方の心の成長を妨げる。──そなたたちもな」

シャオは手の平をシリウスの額にあてた。

「腕輪だけでも回復なさると思うが、主が苦しんでおられる姿を見続けるのは我らにとっても辛すぎる。本当ならなるべく全てご自身のお力で解決なさったほうがよいのじゃろうが……」

シャオの手の平からダイヤモンドダストのようにキラキラとした光が溢れ、心なしか少年の呼吸が穏やかになる。

「この方は世界の宝じゃ。じゃが、何よりも、我ら【竜人】にとって、何よりの宝なのじゃ。失うようなことがあれば、我らは永く存在してきた意味をなさぬ」

「お教えください白竜公、我が君のお力は、どのような種類のお力なのですか。何故我々は、一目見た瞬間から、この方こそが唯一の主君であると感じたのでしょう」

さらなるアルファの問いかけにも首をふる。

「焦らずともいずれ分かるよ。さほど先のことでもない。……さあ、これで徐々に回復なさるはずじゃ」

そう言うと、シャオはシリウスの額から手を離し、再び膝をついた。

「非常に残念でありますが、我が主よ、わしはもう行きます。あなた様のため、やるべきことがありますゆえ」

「白竜公！　もう少しここにお留まりいただけませんか！　私たちに、もっと色々お教えいただきたい」

カイルは遥かに年長の少女に向け懇願した。だが少女は睫毛を伏せる。

「お側に侍るだけが忠臣の役割ではない。護衛はそなたらだけで十分以上じゃろう。……主が目を覚まし、わしにお声をかけられるようなことがあれば、さすがのわしもお側を離れられなくなる。声を聞き、瞳を見て、どうしてこの方のお側を離れておられようか。――離れられなくなるに決まっとる。そなたたちのようにな」

チラリと二人の【竜人】を見やり、シャオは羨ましそうだった。

「年長者としてはそなたたちに場所をゆずってやらねばならぬ」

「ですが、シリウス様も、きっとお話をお聞きになりたいと思うはずです」

「そのうちまた改めてお目にかかるとお伝えしておくれ。それよりも……」

入ってきた窓へ足をかけ、シャオはカイルとアルファを輝き渡る氷色の瞳で睨み据えた。

「【魔物】の凶暴化に気をつけよ。魔の異変と、我が主の誕生は無関係ではない。我ら【竜人】だけでは手の施しようのない事態が起きようとしている。主の存外なお力が必要になるのじゃ。我らが主をお守りせよ。この方に万一のことあれば、その時は我らも、この世界も、全てが魔に飲み込まれることになる」

「！」

「我らの主が己の力を己のものとし、自在に扱えるようになるまで、決してお側を離れずお守りするのじゃ。わしもそのうち戻るでな」

重大かつ恐ろしい忠告をすると、白竜公は少女の姿のまま窓を蹴り、再び空へと飛び去った。


自分の中で不規則に渦巻く力の流れを制御できず、シリウスは眠り続けていた。

ひどく頭が痛くて、体が熱いのに凍えるように寒い。

皆が心配していることは分かっていたが、息が苦しくて声が出ない。

けれどふと気づくと、ひんやりと心地よいものが手首へ触れていて、乱れていたものがその部分から正され、修復されていく。

ひたすらに苦しかった圧迫感が薄らいで、渦巻き滞っていたものが正しく流れ始め、シリウスにようやく穏やかな眠りが訪れた。


深い眠りの中でシリウスは夢を見た。

夢の中の世界では、ただ光が溢れるのみで、何の色も形も存在していない。

ふと気づくと傍らに銀色の髪の青年が立っている。

銀髪の青年へ視線を向けると、彼はわずかに目を細め、慈愛の籠もった瞳でシリウスを見つめてくれた。

「——さあ、あなたの思うままに。何が起きても、私はずっとあなたとともにおりますから」

頷いて目を閉じると、白一色だった世界へたちまち色彩が溢れ広がっていく。

初めこそシリウスが広がりを制御していたけれど、やがてそれらの色彩がお互いに影響し始め、シリウスの意思とは関係なく色を変え、広がり、あるいは打ち消し合い始める。

それらの一見無秩序な変化を見届けると、シリウスは彼らを手放した。

銀髪の青年は眉をひそめたが、シリウスは満足して、後は色彩たちが自由に影響し合うのに任せ息をつく。

「よろしいのですか?」

「いいんだ。ぼくは支配者じゃなくて、対等な存在になりたい。君とだって……」

「恐れ多いことです。我が光《メアルクス》よ」

恭しく腰を折る青年を切なく見つめ、再び自らが解き放った色彩溢れる世界へ視線を戻した。

極彩色に美しく、時には混じり合いすぎて混沌と、色彩たちは無限に広がり続けていく。

シリウスの視界に収まらない、遥かな遠くまでも。

その光景を見つめながら、夢は深い眠りの中へ消えていく。

もう一度夢が訪れた時、夢の中だというのに痛みを感じてわずかにうめいた。

今と同じように倒れ、起き上がれずにいる夢だ。

自分の手を持ち上げて見つめてみれば、今よりも大きな大人の手。それが自分の血でべっとりと赤く濡れている。

どうやら病気ではなく、重傷を負っているせいで起き上がれないでいるようだ。

今度の夢の中では、現実と同じように、カイルとアルファが側にいてくれたが、彼らはどちらも激しく動揺し、何事かを叫んでいるようだった。

夢の中だからなのか、それとも夢の中の自分が瀕死の重傷を負っているからなのか、彼らの声はなにも聞こえない。

その上よく見れば、自分が知っている彼らとは、顔や体型が違うように見える。

たとえ外見が違っていても、魂から伝わるエネルギーから、彼らはアルファとカイルと同じ人物で間違いないと感じていた。

白い髪の少女と、青い髪の青年もいる。

だが、最初の夢で、ずっとともにいると言ってくれた銀髪の青年はいなかった。

彼らは皆ひどく狼狽していて、重傷を負って倒れているシリウスを助けようと、必死になっているようだった。

だがそれが虚しい努力であることを、自分も含めて全員が気づいている。

――泣かないでほしい。

ふと、自分の中に彼らを想う気持ちが溢れてきた。

自分のことは全部忘れてしまっても構わないから、どうか、彼ら自身の人生を、幸せに生きてほしい。

そのために、たとえ彼らを置いて逝くことになったとしても、こうすることを決断したのだから。

――そう願ったところで再び意識が遠のいていく。


目覚めた時、シリウスは夢の内容を何も覚えていなかった。

ただ、何故か悲しい気持ちと幸せな気持ちが綯《な》い交《ま》ぜになっていて涙が止まらず、看病してくれていた人々をひどく心配させてしまったのだった。

6話　蒼い瞳

隣国、アレスタから親書が届けられたのは、シリウスが〝卵〟から孵って二ヶ月ほど経過した日のことだった。

親書を携えてきたのはカイルの友人、貴族の五男坊であるジャンだ。

ウェスタリアの国王、ライオネル陛下に親書を渡すという任務をかしこまって終えたジャンは、役目を終えた瞬間からいつもの気楽な男に戻り、旧友カイルに会うため、近侍の一人に頼んで彼の部屋を訪ねた。

近侍は快く案内してくれたが、

「赤竜公はおそらくお部屋におられませんよ」

と、苦笑するように言うのだ。

「どこかへ出かけているのですか？」

「いえ……、赤竜公も黒竜公も、シリウス殿下につきっきりなので……」

近侍の表情がなんとも複雑だったので、ジャンにも状況がよく分かった。

二ヶ月前、ジャンがカイルと別れる際も、カイルはシリウスに夢中だったからだ。

ジャンの知るカイルという男は、世間からは冷静だ、クールな男だ、などといわれていたが、実際は炎のような外見にふさわしく好戦的で、【魔物】が現れたと聞けば喜んで現場へ駆けつけた。

ジャンの前でならそれなりに冗談も言うし、声を出して笑うこともある。ハメをはずすことも年相応だ。

だが非常にマジメで、思い込むと一途であり、他に目が行かない性質でもあった。

そのカイルが、自分の主と定めた子供に夢中になっている。

もう一人のアルファという【竜人】も同じように離れないとなれば、他の人間は近くに寄ることも出来ないのではないだろうか。

それが愛情や忠誠心ゆえにであっても、周囲にしてみればありがたいと同時に迷惑この上ないといえる。

実際、ジャンは国に帰ってから、カイルを他国に残してきたことに関して、予想通り様々な相手に嫌味を言われたし、今回もウェスタリアを再訪するはめに陥った。

ジャンとしては、カイル本人に面と向かって支援すると宣言してしまった以上、自分がどこにいてもカイルの味方になってやるつもりではあったが、言ってやりたいことがないわけではない。

カイルの自室を訪ねると、案の定、部屋の主はそこにいなかった。

部屋で待っているように言われるかと思ったのだが、その近衛は「良ければシリウス殿下のところへご案内しますよ」と、親切にもジャンを弟王子の居室へ案内してくれた。

二ヶ月ぶりにジャンが見たカイルは、膝の上へ金髪の少年を乗せてご満悦であった。

「カイル……」

「久しぶりだな、ジャン。……あっ、シリウス様、そこはスペルが……」

なにやら勉強中であるらしく、書き物をしている子供に、カイルは文字を教えているようだった。

来客の存在に気づいた少年は顔を上げジャンを見る。

その天使のような容貌に、ジャンの心臓が跳ね上がった。

紫の瞳がじっとジャンを見つめる。

美しい子供は今までも沢山見たことがあったが、こんなにも興味をそそられる子供は初めて目撃した。単純に美しいというだけではなく、心を奪われる何かがある。

なるほど、この子供がカイルの心酔している〝主君〟らしい。

もう一人の【竜人】、黒竜公アルファがその場にいなかったのでジャンは安堵した。

以前ウェスタリアを訪れた時に一度、目にしただけだったが、あまり頻繁に会いたい相手ではない。

「カイルのお友達?」

シリウスがカイルを振り返って見上げると、少年の金髪がはらりと肩から落ちる。

「ええ、悪友です」

「せっかく来てやったのに、悪友とはひどいな」

カイルはとりあえず、シリウスにジャンを、ジャンにシリウスを紹介し、ジャンを向かい側の椅子へ座らせた。

「シリウス様、私たちも少し休憩しましょうか」

「いいの？」

もちろんですとも、と微笑んで、カイルは膝に乗せていたシリウスを隣へ座らせ、水差しからハーブ入りの冷水を茶器へ注いで差し出す。

ジャンにも差し出してやり、広げてあった幾つかの本を片付けた。

そこへ、ジャンが望んでいなかった相手、黒鋼色の髪を持つアルファがノックとともに現れ、ジャンが視界に入るなり柳眉を顰めた。

「何だ、そいつは」

あからさまに不満そうな顔をしてジャンを睨む。

「ああーっと、カイル、取り込み中っぽいし、オレ、お前の部屋で待つことにするよ」

ジャンは早々に退出することにした。

正直いってこの恐るべき人物と親しくなれる自信はなかったし、相手のほうでもその気は全くないだろう。

「いい、ジャン、私も行く。ちょうどアルファと入れ替わる刻限だったのだ」

カイルは立ち上がり、シリウスの金の髪の一房を手に取ると、恭しく口付けた。

「それでは失礼いたします。また後で参上いたしますので」

「うん。ありがとうカイル。ジャンも、またね」

「いいのか？　護衛についていなくて」

ジャンは久しぶりにカイルと並んで歩いた。

この、ジャンよりも少し背の高い赤い髪の友人と歩くと、いつだって誇らしい気分になったものだ。

今は少し切ない。

「シリウス様には一時間交代でアルファと家庭教師とジュディス様、それに私の四人で勉強をお教えしているのだ」

カイルはやや不満そうだ。

「同じ内容を複数の人間がお教えすると混乱なされる可能性がある。だから教科ごとに担当を決めた。アルファが付いている時は他の護衛も必要ないし、夜間に備えて仮眠を取るようにしている」

「……お前、夜寝てないの？」

「多少の睡眠時間の不足は魔力で補える。それに、扉の守護をする時はシリウス様の近くでお守り出来るのだから、離れて眠っているよりもよっぽど安らげる。問題ない」

「……」

地位も身分もあるカイルがそんなことをしているのは大いに問題あると思ったが、何を言っても無駄だと感じたジャンは黙った。

「……え、ええと、あとさ、何で膝の上に殿下を乗っけて勉強教えていたんだ？　やりにくいだろうよ」

さっき聞きたかったのだが、シリウス本人がいたので聞けなかったことを聞いてみる。

カイルは何故不思議がるのか、と言いたげな表情だ。

「先日シリウス様は具合を悪くなさってお倒れになられてな。膝にお乗せしていれば、体温や体調の変化にもすぐに気づくだろう？」

「……」

何だかおかしな理論だが、それでも言っていることはあっているような、あっていないような、なんとなく反論もし難かったのでジャンはまた黙る。

あのかわいらしい王子様は、今のところ〝卵〟から産まれて間もないから、カイルの謎理論にも素直に従ってくれているのだろうが、そのうち成長して膝へ乗りたがらなくなったらどうするのだろうと心配になってしまった。

とにかく呆れてはいたのだが、カイルが幸せそうなので何も言えない。

「それで、ジャンは私にアレスタへ戻るよう説得するために派遣されたのか？」

自室で改めてお茶を出し、カイルは友人に切り出した。

ジャンは親友が淹れてくれる懐かしい味の茶を、しみじみと一口飲んでから話し始める。

「まあ大体あっているけど、説得はダメ元だな。どんなに言ったってカイルは説得なんかされないだろうと、ご両親も国王陛下も理解しておいでになったよ。他のお歴々は色々と言いたいこともありそうだったが、陛下の手前とりあえずそれほど大事にはなっていない。——まあ今日は親書を届ける役目で来たんだ」

ジャンはアレスタへ帰国した後、公人としてではなく、私人として、カイルの両親に請われて邸宅を訪れ、状況を説明していた。

ウェスタリアで何が起こったのか、カイル本人からすでにある程度事情は聞き及んでいたようだけれど、やはり色々と信じられなかったようで、第三者であるジャンの話を改めて聞かせてほしいと頼まれた。

カイルや黒竜公の様子を客観的に見ていたジャンの説明と、息子本人による説明とに、ほとんど齟《そ》齬《ご》がなかったので、両親も溜息をつきつつカイルの話は真実だったのだと理解したようだった。

その上で、再びウェスタリアへ向かうジャンは、息子の近況をよく確認してきてほしい、と頼まれてもいた。

ジャンが見る限り、カイルの様子は以前と全く変わりがないどころか、悪化しているようにも思える。

そんな自国の人々のもろもろの反応をある程度は予想していたのだろう、カイルはわずかに眉根を寄せている。

「親書だと？」

椅子へ座り、自分の淹れた茶を飲みながら、カイルは尋ねた。

「ではアレスタの国王陛下が、ウェスタリアの国王陛下に向けて、私を帰すよう手紙を書いたというのか」

それは少々面倒な事態だな、と、カイルは思案する。

だがジャンは頭を振って肩をすくめた。

「いや、どうも可能な限り多くの国の代表を集めて、国際首脳会議を開こうとしているみたいだ」

「それはますます厄介だな……」

「どんなにアレスタ側が文句を言ったって、お前自身が帰る気にならなきゃ【竜人】は動かせないと分かっているのさ。それにお前だけの問題じゃなく、黒竜公もおられるしな。北方の国々はアレスタを援護して黒竜公を取り戻そうとするだろう。そのほかにも今回のことが気に入らない国を味方につけて、お前たちが帰らざるをえない状況にしたいんだろ。最近【魔物】の出没報告がやけに増えているし、【竜人】の守護はどこの国もほしいのさ」

「私は何があっても絶対にシリウス様のお側を離れたりはしない。おそらくアルファも同じだ」

ジャンは、まあそりゃそうなんだが、と笑って、

「お前を知らない人間には分からないからな。逃げ場をなくして追い詰めれば思いどおりになると思ってる」

カイルは形の良いあごに指先をあて、真紅の睫毛を伏せた。

しばし思案していたが、すぐに顔を上げるともう一口茶をすする。

何か言うのかと思ったが何も言わないままなので、ジャンは思わず呆れて噴き出してしまった。

「なんか言うことないの？」

「ないな。シリウス様の害になるようなら排除する。そうでないならどうでもいい。相手が動き出さ

ないことには排除もできないし、今は様子見だ」

「……」

親友を心配していた自分が何だか馬鹿らしく思えるほど、すがすがしいカイルの思考であった。

「会議は二年後の開催を目指しているようだぞ」

「それはまた随分《ずいぶん》のんびりしたものだな」

カイルものんびりしているよな、とはジャンも言い出せなかった。

「各国との連携に時間がかかる。北方の国には使いを出すだけで片道数ヶ月はかかるし」

「開催場所は？」

「アレスタのサンターナ」

サンターナはウェスタリアとの国境近くにある美しい港町だ。

交易が盛んで、巨大な裁判所や会議場もある。

「二年後……か……」

カイルは二年後の自分たちを想像して目を閉じた。

「シリウス様はさぞかし立派にお育ちだろうな」

「二年じゃそんなに変わらんと思うが」

ジャンの呆れを含んだ声も耳に入らないようで、カイルはうっとりしている。

もっと危機感とか、そういうの持たないの？　と聞きたかったが何も言わなかった。

ジャン自身、カイルが実際にどれほどの力を持っているかはよく知らなかったからだ。

シャオがもたらした腕輪のおかげもあってか、病がすっかり快癒したシリウスは、以前よりも一層少年らしく元気いっぱいに日々を過ごしていた。

時折は、窓辺から外の景色を眺め、そこに住む人々を想像しながら楽しんだ。

三階にあるシリウスの自室からは、街並みはもちろん、遠くの山々の稜線まではっきり見える。

今まで何度か、カイルやアルファに、さらには兄のルークや両親にも、街へ出てみたいとお願いしてみたことがあったが、万事シリウスに甘い彼らが、外へ行きたいと言うと決して良い顔をしなかった。

いつか、もっと大きくなったら、と言って許してくれない。

城の敷地内にある庭園や、小さな森には連れて行ってもらった。

そこでピクニックをしたり、子馬に乗せてもらったり、とても楽しかったけれど、シリウスは城以外の場所に住んでいる人々に会いたかったのだ。

沢山の絵本や物語に出てくる、普通の人たち。

城に住んでいる使用人たちがお互いに気安く話し合っているのを見て、シリウスは羨ましかった。

この城の中では皆が皆、シリウスに対して恭しい態度で接してくる。

敬語じゃないのは家族だけだ。

それがどれだけ普通のことではないか、シリウスは本での知識から知っていた。

実のところ、空を飛びたいと思うようになったのは、窓から外へ出られないかと計画していたせいだ。

早朝、まだ誰も起こしに来ない時間になら、こっそり街へ行けるかもしれない。

皆すごく心配するだろうから、お昼ぐらいには帰ります、と、ちゃんと手紙も書いて用意した。

はたして計画実行の朝、まだ薄暗いうちに、シリウスは白いジャケットとシャツを小脇に抱え、ズボンと靴だけを穿いた姿で窓辺へ立った。

カイルから、背中の翼は絶対に他の人に見せてはいけないと、耳にたこができるほど言われていたので、誰にも目撃されない早朝、夜明け前に出かけなければならない。

城の敷地さえ出てしまえば隠れる場所はきっと沢山ある。どこかにこっそり降りて服を着ればいい。

三階から外へ飛び出すのは、もしかしたら怖いかもしれないと思っていたけれど、いざ窓を開け放ってみると恐怖は全くなかった。

遠くに見える街並みと、まだ暗い丘陵が、ワクワクするあまり輝いて見える気がした。

「いってきます」

囁くような小声で、室内へ向け、でかけるための挨拶をして、シリウスは窓枠を蹴った。

最初は少々ふらついた。

うまく風に乗れなくて高度が安定しない。

けれど意識して風をとらえると、徐々に速度も高度も思いのままに操ることが出来るようになってきた。

窓から見える街はとても遠く思えたけれど、実際に飛び出してみれば城と城下町はすぐ近くで、空を楽しむ余裕もなく、あっという間に城壁を飛び越えてしまっていた。

城の裏手にある森の端へ降り立って、持ってきたシャツとジャケットを着込む。

せっかく街へ行くに当たって、シリウスには幾つか目標があった。


一つは散髪屋で髪を切ること。


金髪は高値で買い取ってもらえると本には書かれていた。

そしてもし髪を買ってもらえたら、何でもいいのでお店へ入って、そこでいつも本を読んでくれる兄と両親、大好きなカイルとアルファに、何かお土産を買う。

髪を切ってほしいと城の中でどんなにお願いしても、誰もが全力で拒否するのでシリウスは不満だったのだ。

自分のように髪の長い人は城内に誰もいなかったし、何より走ったり飛んだりするのに邪魔だとも思っていた。

お店で髪を切ってもらえて、さらにはお金も貰えてお土産が買えたら一石二鳥だ。

もう一つは、街の中で同年代の子供と話すこと。

城の中にはシリウスと同年代の子供が一人もいなかった。

ルークと騎士見習いの少年たちがシリウスについで若年だったけれど、彼らもシリウスより十歳前後年長だ。

騎士たちは皆優しいけれど、どんなに親しく接してくれても堅い態度が崩れることはなく、本当の意味での友達になってくれそうにはなかったので、シリウスは本物の友達を探したかった。

兄ルークの友人、ロンのように、自分にも気軽に話せる友人がほしい。

早朝のまだ薄暗い街の中を、シリウスはドキドキしながら歩いた。

一人きりで知らない場所にいるという一点だけでもシリウスにとっては大事件だったし、目に入る何もかもが珍しかったからだ。

街の皆もまだ寝ていると思っていたのに、店先の掃除をする人たちや、荷物の配達をしている人がすでに仕事をしていた。

街路に並ぶ屋外店舗の果物屋や八百屋はせっせと品物を並べている。

がやがや騒がしく活気に満ちた朝の風景だったのだけれど、シリウスが歩いているのに気づくと皆シンと静まった。

腰まであるさらさらの金の髪を早朝の太陽に輝かせ、いかにも高級そうなジャケットを着た子供が一人で歩いている。

それに何より、アメジストのような瞳が興味深げに自分たちを見つめていくのだ。

服装や歩き方から男の子と推測されたが、顔だけ見れば女の子なのか男の子なのか判別できない。

天使のように美しく愛らしいその子は、どう贔屓目《ひいきめ》に見ても身分の高い家の子供にしか見えなかった。

それにあんな子供は一度見れば誰もが二度と忘れないだろう。

絶対にこの近所の子供ではない。

街の人々は無言のまま同じ疑問を抱いて視線で言葉を交わし合った。

教会の絵のように非現実的な子供に驚いていた市民の一組、果物屋の親子は、近づいてくる子供から目を離せなかった。

「あんな子、見たことあるか？」

「知らないよ！」

ぶんぶんと首を振る息子のバナードを見て、果物屋の主人は頭をかいた。

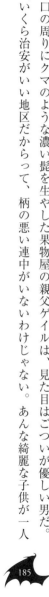

口の周りにクマのような濃い髭を生やした果物屋の親父ゲイルは、見た目はごついが優しい男だ。

「いくら治安がいい地区だからって、柄の悪い連中がいないわけじゃない。あんな綺麗な子供が一人でフラフラしていたら危ないぞ」

ちょうど店先へ到着し、青いリンゴに瞳を輝かせている子供に、ゲイルは自分に出来る全力の笑顔で話しかけた。髭面おやじの精一杯の笑顔だ。

「ぼうや、おうちはどこだい？」

「……えっ？　あっ、あの、すぐ近くなんですけど」

「すぐ近く？　どのあたりかな？」

熊のような大男の全力笑顔が不審だった訳ではないが、シリウスは一歩下がって身を引いた。

だがゲイルのほうも諦めず、離れた分だけ距離を詰めた。

近くにこんな子供が住んでいるなどとは見たことも聞いたこともなかったし、早朝に一人きりでいる子供をこのまま放ってはおけない。

「じゃあおじさんがおうちまで送ってあげるから、一緒に帰ろう」

けれど家まで送ると提案した途端、ゲイルの前にいる子供の目が、一気に警戒するものに変わってしまった。

手を伸ばせばたちまち走って逃げ去ってしまうのは明らかだ。

隣で心配そうに様子を窺っていた八百屋のおかみがゲイルとこっそり視線を交わし、助け舟を出す。

こちらは髭面親父よりはずっと見た目の印象が穏やかな、ふくふくとした気のいいおかみだ。

「ぼうや、一人で出てきたりして、お父さんとお母さんが心配しているんじゃないの？　そのおじさんが怖いなら、おばさんが送ってあげてもいいよ」

「あ、あの、ぼく、散髪屋さんにいかないといけないんです」

「散髪屋？」

ゲイルは少年の金の絹のような髪を見た。

「その髪を切っちまうのか？」

「もったいない！」

「何で！」

ゲイルと八百屋のおかみと果物屋の息子バナードが一斉に叫んだので、シリウスは驚いて後じさった。

「あ、待て待て、とって食いやしない」

慌ててゲイルが引き止める。

「うーん、散髪屋なあ、まだ開店していないと思うんだが、あそこの親父は早起きだったし、到着する頃には開くかな。バナード、お前案内してやれ」

「えぇー？」

不満そうにバナードは口を尖らせた。

散髪屋は今いる場所から街の反対側にあり、こんな風に何も知らなそうな子供と歩いたらどれだけ時間がかかるか分かったものじゃなかったからだ。

「つれて行ってくれるの？」

シリウスは紫の目を輝かせてバナードを見た。

「うっ……！」

紫の瞳なんても ちろん初めて見たバナードは、期待を込めて輝くその瞳から視線が離せずクラクラしてきた。

濡れた宝石のように深く透き通り、吸い込まれてしまいそうだ。

唾を飲み込んでから、なんとか声を出す。

「で、でも、お前、本当にその髪切るのか？」

「うん。切ってお金にしたい」

ゲイルと八百屋のおかみは顔を見合わせた。

もしかしたら没落貴族か何かの子供で金に困っているのだろうかと。

それにしてもこんなに綺麗な金髪は見たことがない。黄金を絹に仕立てたように複雑な色に輝いている。

ここまで伸ばすのだってかなりの年月がかかるだろうし、切ってしまうなんて実にもったいない話だった。

自分がこの子の親だったら、絶対に髪を売らせたりしない。しかしもしも困窮していて、どうしても売るとなれば、確かに高額の謝礼が貰えそうではある。

果物屋ゲイルと息子のバナードの家も、隣で営業している八百屋のおかみの家も、決して裕福ではなかったので、お金が必要と言われると拒みにくかった。

バナードは仕方なく了承した。

「わ、分かったよ。でも沢山歩くんだぞ」

「がんばる」

シリウスが元気よく答えると、果物屋の店先からバナードが出てきてシリウスに手を差し出した。

「？」

「……お前、握手知らないのか？」

「これが握手……」

シリウスはバナード少年の、決して大きくはないが、しっかりとした造りの手を握る。

城の中で膝をついて忠誠を誓われたりすることはあっても、握手をしたことはなかったのだった。

「ありがとう、ぼく、シリウスっていうんだ」

「オレはバナード。よろしくな。よし！　じゃあ行くぞ！」

バナードはシリウスの手をしっかり握って歩き出した。


バナードは十歳で、シリウスよりも幾分背が高く、黒に近い焦げ茶の髪を後ろで一つに束ねた、実に元気のいい少年だ。

身長差の分、歩幅も大きかったため、シリウスは置いていかれないよう、一生懸命付いて行った。

そうやって勢いよく歩きながらも、シリウスはきっちり街の様子を見学していた。

シリウスと同じぐらいか、それより年下に見える子供も、店の開店準備の手伝いや新聞配達などで、一人でも元気に走り回っている。

何故自分だけ、家まで送ってあげる、などと声をかけられてしまったのかと考えてみれば、やはり服や歩き方が違って目立ってしまったせいなのではないだろうか。

「ねえバナード」

「何だ？」

歩く速度を幾分落としてバナードが振り向く。

「ぼくの服、変？」

「変じゃないけど、すんげー高そう」

「……」

シリウスは服を摘んで引っ張ってみる。

自分の部屋のクローゼットから適当に選んできたのだけれど、どうしようもなかった。

それなりに慎重に選んだつもりだったけれど、街中を歩いている子供たちやバナードの着ているような服があったかというと、一着も置いてはいなかったからだ。

「服も買いたいな。こういうのじゃなくて、バナードの服みたいなの」

「……お前、やっぱり変わってるなあ。普通は皆お前の服みたいなのをほしがるもんだぜ」

笑われてしまい、シリウスは少々落ち込んだが、自分が無知なせいなのだと我慢する。本を読んで知っているだけでは、やはり実際のことは全然分からない。

でも今はまだ仕方がない、これからこうやって、少しずつでもいいから、沢山のことを知っていければいいんだからと、気分を前向きに切り替えた。

シリウスの葛藤を知らないバナードは陽気に続けた。

「でも本当に服を変えたいなら、今着てるのを売って違うの買えばいいんじゃないか？　十着ぐらい買えちゃいそうだ」

実際には、シリウスの着ているジャケット一枚の値段は、バナードが今着ている下着を含めた服全部の代金を十倍しても、全く足りない額だったけれど。

「これは売れないよ。ぼくが自分のお金で買ったんじゃないもの」

「でも親が選んで買ってきてくれたもんだろ？」

「う、うん」

実際に買ってきてくれたのはきっと従者の誰かなので、両親が買ってくれた、というのはいささか違和感があったシリウスだが、頷いておいた。

「でもこづかいぐらいはあるんだろ？　途中に駄菓子屋があるから、何か買っていくか？」

駄菓子屋というお店にはとても興味があったけれど、シリウスは首を振った。

「ううん、ぼく、本当に少しもお金を持っていないんだ。それに、お金の実物も、一度も見たことない」

「はあ？」

バナードが驚きのあまり歩みを止めたので、シリウスはしまったと思ったがもう遅い。

「まじで？　本当にお金を見たことないのか!?」

バナードの目がまん丸になっている。

「う、うん」

もしかして普通は皆、子供でもお金を持っているものなのだろうか。

「お菓子とか買う時どうすんの？」

興味津々に聞かれてしまう。

城の中でも軽食の時間はあったたし、クッキーやケーキなどのお菓子を食べたことは当然ある。でもいつも時間になると執事が用意してくれていたし、カイルがニコニコしながらお茶を淹れてくれる。外へ出たのだって初めてなのだから、当然、買いに行ったことはない。

「自分で買ったことない。バナードはおやつを自分で買うの？　ほかの子たちも？」

逆に質問してみたのだが、

「すげえなお前、本当にいいとこのおぼっちゃんなんだな。まあ見るからにそうだけど……」

「そんなことないよ」

足の先から頭の天辺までを、バナードにじろじろ見られてシリウスはついむくれてしまった。

バナードは、まあ何でもいいけどさ、と、再び歩き出す。

「でもシリウス、何で金持ちの家の子のお前が、髪を売ったりしなきゃならないんだ？」

もうシリウスは「お金持ちじゃない」などとは言わなかった。

自分が無知なせいで失敗が重なり、今更そんなことを言っても無駄だと察したからだった。

「……本当はずっと髪を切りたかったんだ。それでもしお金を貰えたら、兄上たちに贈り物を買おうって……」

「兄上、ねえ」

いかにも上流階級風な言い方に、バナードはしみじみしてしまう。

学校にも近所にも、兄弟のことをそんな風に呼ぶ子供はもちろん一人もいなかったし、そういう知り合いがいるという話も聞かない。

ましてや自分が、そんな家の子と知り合うなんて思いもしなかった。

かわいくて有名な、近所の金持ちの娘エリーだって、この子に比べると金持ち具合も美形具合も全然比較にならない。エリーがただの普通の子供に思えてきた。

エリーが普段、自分のかわいい顔や金持ちであることを鼻にかけて、他の子供を子分のように従え、いばりまくっているので、バナードは金持ちにも美形にも偏見を持っていた。

けれど今、隣を歩いている、エリーより何倍も金持ちで、何倍もかわいい子供は、ちっともいばっていない。

「ん？　まてよ？　ずっと髪を切りたかった、って、何で今まで切らなかったんだ？」

理由はなんとなく察せられたのだけれど聞いてみる。

「みんな、ぼくが髪を切って、っていうと、逃げて行っちゃう。わたしにはとても出来ません！　って」

「皆って？」

「うばやとか、カイルとかアルファ……護衛の人とか」

「……」

これは本格的にやばいかもしれないとバナードは考え込んでしまった。

バナードにもなんとなく事情が分かってきたからだ。

まず、この子は本当に、想像もつかないような金持ちの家の子だろう。

乳母も護衛も、バナードは物語でしか見たことがなかった。

実際にそんなのが存在しているというだけでも驚きだ。

お金の現物を見たことないほど大事にされていて、おそらく今日まで外を歩いたこともない。

それから、この子は別に金に困ってない。

単純にお金の現物を持っていないから、髪を切るついでに『兄上』とやらに贈り物を買う現金がほしいだけだ。

そして、肝心の髪は、綺麗すぎて誰も切りたがらない。

バナードは、もしこの子供が自分に「髪を切って」と言ってきても、乳母や護衛とかいう連中と同じように、全力で拒むだろうと思った。

「なあシリウス」

「うん？」

「そんなキラキラの瞳で見上げてこられると実に言いにくいんだけど、やっぱり床屋に行くのやめないか？」

「えっ！　なんで？」

びっくりして立ち止まったシリウスに、バナードは肩をすくめて見せる。

「だってもったいないじゃん」

「もったいないよ。長くてじゃまなのに……」

「邪魔だったら、オレみたいに後ろでくくったらいい」

そう言ってバナードはポケットから自分の髪を縛っているのと同じ、革紐で出来た髪留めを取り出した。

「お前は頭の上のほうで髪をくくったらきっと似合うよ。ほら、そこんとこ座ってみ」

街路樹を囲っている丸石の上へシリウスを座らせ、バナードは後ろに立って手際よくシリウスの髪をポニーテールに結い上げた。

「ほれ。マシになったろ」

自分の作品に満足してバナードはうんうんと頷いた。

バナードに髪を結い上げてもらったシリウスは首をかしげた。

高い位置にまとまった髪がさらさらと流れる。

「さっきよりはじゃまじゃないけど」

「すげえ似合うぜ」

正直、ますます女の子みたいになったが、それは黙っていた。

「うーん、鏡を見たいなあ……」

「鏡か、それならここまで来たし、もうついでだからやっぱ床屋まで行っちまうかー」

「うん！　いく！」

髪を切るにしても切らないにしても、散髪屋がどんな店か、シリウスはとても見てみたかったのだ。

バナードにとって散髪屋までの道のりは、いつもと同じはずなのに、なんとなくいつもと違った景色に見えた。

まず、やたらと視線を感じる。

それはバナードに対してではなく、絶句するほど美しい子供、シリウスに向けられたものだったけれど、バナードはなんとなく誇らしい気分で歩いた。

「ねえ、バナード、みんな、やっぱりぼくの服が変だから見るのかな」

シリウスもやはり他人の視線が気になるらしい。

「服も原因だけど、お前目立つんだよ」

「なんで？」

なんでと聞かれてバナードは言葉に詰まった。

綺麗だから、とか、かわいいから、とか、同じ男子としてはなんとなく申し訳なくて素直に言い難い。

「……シリウスみたいな金髪の子ってあんまりいないしさ……」

バナードにだって、金髪の知り合いは数人いる。

けれど、シリウスのように宝石のごとく輝いて見える金の髪の人間は見たことがなかった。

それに間近で見てよく分かったけれど、単純に金色なのではなく、光の加減で淡い赤や緑にも光って見えた。

とても綺麗だったし、こんな不思議な色の髪はきっと誰も持っていないだろう。

「あとさ、男でそんなに長く髪を伸ばしているやつって珍しいんだよ」

そう言ってしまってから、バナードは自分の失敗に気づいた。

「そうなの？」

紫の瞳をまん丸にしてシリウスはバナードに詰め寄る。

「ぼく、目立ちたくないし、女の子に間違われるのも嫌だ。やっぱり髪を切る」

「……」

もうこうなったら、床屋の親父が切れないと言うほうに賭けるしかない。

バナードは街を東西にわける丁度中央の位置にある、その名も分かりやすく、『東西広場』という看板が掲げられた広場を、西に向かって抜けることにした。

祭などの行事に使われることも多い場所だが、今は何の予定もないせいか、市民がのんびりと散歩したり日向ぼっこをしたりしているだけだ。

東西広場は、名称にふさわしいだだっ広い空き地の他に、芝に覆われた土手やベンチ、並木の植わった遊歩道なども備えられており、かなりの広さの公園であると同時に、街の人々の憩いの場でもあった。

訪れる人々のため、幾つかの露店が並び、果物やパンなどの、ちょっとした食べ物も売っている。

そんなのんびりとした空気漂う東西広場を抜ける途中に、沢山のレンガが山のように積み上げられている場所があった。

かなりの量で、それだけで砦が造れてしまいそうに思えるほど。

よく見ればレンガはやたら焦げているものも交ざっているし、折れた材木や釘なども落ちている。

それなりに分類され、整頓もしているが、なにしろ量が半端ではない。

「ねえ、バナード、あれなに？」

「あーあれな、二年ぐらい前、凶暴化した【魔物】が街を襲って見張りの塔を壊しちゃったんだ。『ワイバーン』っていうデカイやつ」

「【魔物】？」

「一匹だったから騎士や魔術師の人たちがすぐやっつけてくれたし、怪我人もあんまりいなかったはずだけど、見張り塔は木っ端微塵に壊されちゃったんだよ」

ワイバーンは空を飛ぶ魔竜で、巨大な上に魔法も使う強力な【魔物】だったが、主に切り立った渓谷などに生息し、街中へ出てくることなど、今までは一度もなかった。

近年噂されている【魔物】の凶暴化に関係あるといわれているが、【魔物】の襲撃に備えて訓練を重ねていたウェスタリアの兵士たちは、なんとか死人を出さずにワイバーンを倒すことが出来た。

「壊れた塔はもう直さないの？」

レンガの山は大量で、なるほど塔一つ分はありそうだけれど、どうしてそのままなのだろう。

「直してるよ、とりあえず一つめ。二つあった塔を二つともいっぺんに壊されちゃったんだ」

確かに百メートルほど先に同じタイプと思われる塔が立っていた。

先端のほうはまだ建設修理の途中のようで、足場が組まれ作業中の人々の姿もあった。

「塔って、直すの時間かかるんだね……」

「そりゃそうさ。レンガを一個ずつ組んで、あーんなにでかい建物を造るんだから。中に見張りの兵士が何人も住んでいるんだぜ」

レンガの山の周囲は人が入り込めないよう簡易なロープが張ってあったが、二年もそのままなせいか、わりとぞんざいで見張りもいなかった。

その山にシリウスは近づいて、こげたレンガを一つ手にとって見る。

「なんでこげてるの?」

「ワイバーンは毒を吐くんだけど、炎に弱いんだってさ。魔術師たちが火の属性魔法で攻撃したんだ。塔も巻き込まれて、まあレンガだから燃えたりはしないけど、こげちゃったんだな」

「ふうん……」

バナードもシリウスの真似をして、赤茶けたレンガを持ってみた。結構重い。

「早く修理してくれないと心配だよ。最近はますます【魔物】が暴れてるっていうし」

「見張りの塔がないとこまる?」

「そりゃな。でも一つの塔を直すのに三年ぐらいかかるっていわれているから、二つとも直るのは、うんと先だぜ」

シリウスが何も言わずにレンガを見つめたまま、いつまでもじっと動かないので、バナードは少々困ってしまった。

「なあ、もう行こう」

「……」

「なあってば」

しつこく声をかけると、シリウスはレンガを持ったままバナードを振り返り、紫の瞳でじっと見つめてくる。

「――ぼく、直せると思う」

「なにを?」

さっぱり意味が分からなくてバナードが聞き返しても、シリウスは返事をせずに周囲を歩き、もともと塔があったと思われる円形の土台を点検し始めた。

「うん……。ちょっと、やってみていい？　中は部屋と階段でいいんだよね」

「だから何の?」

若干いらいらしつつ聞くと、シリウスはバナードの手を取って塔の土台から遠ざかる。

「バナード、ぼく、集中するから、ちょっとのあいだだけ静かにしていて」

「だから……」

言いかけたところに、シリウスの細い指が立てられ、静かに、と示される。

「なんなんだよ……」

小さく、ぶつぶつと呟いて、バナードは目を閉じてじっとしているシリウスを見た。

まじまじと見つめても気づかないようだったので、ここぞとばかりに遠慮なく観察してみる。

長い睫毛が震えて光り、白皙の頬が青褪めるほど集中しているようだった。

いくら待ってもシリウスが動かないので、バナードは溜息をついて、暇つぶしに今度は建設中の塔のてっぺんで作業している人たちの様子を眺めていた。

その時だ。

作業員の一人が何かに気づいたように指をさす。

一人、二人、と、ざわめき始め、皆同じ方向を指差し騒ぎ始めた。

バナードも彼らと同じほうを見る。

「!?」

完全に壊れてしまったままの塔、その石組みの土台の上に、さらさらと金色の光が溢れ、塔の輪郭をなぞるように旋回しながら小さな花火のように弾けていた。

金色の輝きは徐々に赤茶けたレンガの色となって、みるみるうちに上へ上へと組みあがっていく。

「なっ？　えっ！　へあ!?」

思わず変な声を出し、

「お、おい、シリウス、見てみろよっ……!!」

今日のパートナーである少年を振り返ると、その少年シリウス本人が金色の光に包まれていた。

バナードがうろたえている間にも、レンガはみるみる空へと積みあがり、あっという間に作業中のもう一つの塔の高さに追いついた。

しかし塔の成長もそこまでで、てっぺん付近にあるべきのこぎり型の挟間《さま》や矢穴《やあな》もないまま止まる。

「あ、塔の上って、どうなっているの?」

不意に問いかけられ、呆然としていたバナードはシリウスを凝視する。

「できあがりを見ないと最後まで直せないや……」

いつの間にか目を開けて、困ったように金色の眉毛を寄せるシリウスにバナードが驚きの視線を投げかけた時、

「おい、そこの坊主共、今の見たか!」

建設中の塔の上から作業中の兵士たちが声をかけてきた。

するとシリウスはその場に飛び上がり、

「ごめんなさい!　何も見ていません!」

と叫び返すと、バナードの手を取って走り出す。

「うわっ!　おい、シリウス……!」

走り続けるシリウスに手を取られ、転びそうになりながら、バナードは必死で付いて行った。

「な、何で逃げるんだよ!」

シリウスは振り返りながらスピードを落とし、木陰に入ってようやく止まる。

「だって、見つかったら叱られるよ」

「叱られるわけないだろ!　だって、お前……、お前、あれ、あれさっきの……!」

息があがり、興奮のあまり声が裏返った。

「お前がやったんだろ？　あの、あの、塔、どうやって……。夢を見てるのかと思った……！　褒められるなら分かるけど、絶対叱られない！」

そうこうしている間も、シリウスとバナードの横を、騒ぎを聞きつけた人々が次々に広場へ向けて走って行く。現場からかなり離れた、今いる位置からでも、復活した塔の雄々しい姿がしっかり見えた。

「叱られるよ。だってぼく、ほんとうは勝手にうちを抜け出してきたんだ。あんまり目立ったら見つかっちゃう」

少し唇を尖らせ、シリウスは溜息をついた。

「あんなに大きいものを直したことなかったから、出来るかどうかちょっとやってみたかったんだ。ぼくがやったってバレるまえに、早く散髪屋さんへ行こう」

「で、でも……」

バナードは大々的に、今横にいるこの天使のような少年が、塔を一瞬で建ててしまったのだと大声で自慢したかった。

けれどシリウスは、もう塔のことには触れられたくないらしく、人の流れに逆らって歩いて行く。

「わ、分かったよ。分かったから、道案内のオレを置いていくな」

バナードは、このいかにも変わっている子供のことがとても気になってきていた。

――その頃、大通りを目的地に向かって歩く二人の子供を、建物の影から窺っている不気味な風体の男たちがいた。

街のごろつき共だったが、付かず離れず、子供たちのあとをさりげなく付いて行く。


塔のことで若干のアクシデントはあったものの、シリウスとバナードは、なんとか無事に目的の店の前へ到着していた。

「これが、散髪屋さん？」

「まあ、床屋だな」

「散髪屋さんと床屋さんはどう違うの？」

「同じだよ」

プッと笑って、バナードは店の扉を開ける。

カランカラン、と、軽やかな鐘の音が響き、店の親父、ドーソンが先客の髪を切りながら振り向きもせず「いらっしゃい」と声をかけた。

ドーソンは床屋の主人だったが、自らは全く散髪の必要のない、見事なまでに輝き渡る禿頭の親父だ。

「おっちゃん、ひさしぶり」

バナードが挨拶すると、ドーソンはにこやかに肩をすくめ、チラリと相手を確認する。

「おうバナードか、久しぶり。父ちゃんと母ちゃんは元気か？　マリアの次に切ってやるから、椅子に座って待っててくれ」

「二人とも元気だよ。特に親父は元気すぎて迷惑なぐらいだ。今日はオレじゃなくて、友達が髪を売りたいっていうから連れてきたんだ」

髪を売りたい友達、と聞いて、ドーソンも客の中年女性マリアも、バナードの後ろへ隠れるようにして立っている少年に初めて気づいた。

大人たちと目があうと、シリウスはペコリと頭を下げる。

「こんにちは」

「お、おう、こんにちは」

床屋の親父が驚愕している様子を見て、バナードは、どうだ色々驚いただろうと胸を張る。

ドーソンがハサミを取り落とさなかっただけでも立派だと思った。

「順番、待っています。でもぼく、お金を持っていないので、よかったら切った髪を買ってもらって、そこから代金を払いたいんです」

ドーソンとマリアは共通の思いでもって視線を交わした。

目の前の美しい子供は、髪を売らなければならないような育ちに見えなかったからだ。

「ぼうや、お金が欲しいのかい？」

こくん、と頷いて、シリウスは、

「それに、ぼくの髪、目立つし長くて女の子みたいだし、家の人にお願いしてもみんな切りたくないって言って切ってくれないんです」

と訴える。

「そりゃなあ……、床屋のおっちゃんであるオレだって、切ったらもったいないって思っちゃうぜ」

「そうよねえ……」

客と店主とで意見が一致する。

「ぼうやのおうちはお金に困っているのかい？」

「？」

シリウスは首をかしげた。

「困るって？」

お金に困る、という意味が分からなかった。

『貧乏』という単語は知っていたが、お金に困る、という状況は分からない。

「お金が迷惑なの？」

「いや……、まあじゃあぼうやのおうちは困っていないんだよ」

お金に困るという概念すらない子供が、切迫して金を必要としているわけもなく、床屋の親父は心底ほっとした。

もしもこの子が食うに困るほど困窮しているのなら、どんなに辛くとも、この美しい髪を切って買いとってやらなければならないと思ったからだ。

「お金に困ってないのに、親に内緒で髪を売ったりするのは、おっちゃん感心しないなあー、なあマリア」

少年の金髪を切りたくない一心でドーソンは常連客に話題を振った。

「そ、そうよ、勝手に売っちゃったりしたらご家族が悲しむわよ」

なんだか髪を切ってくれなそうな店内の雰囲気だったが、シリウスは諦めなかった。

「では、あの、買っていただかなくてもいいし、切った髪は差し上げますから、だから切るだけでもお願いできませんか」

「!?」

うまく逃げられそうだったのに、そんな風に言われてドーソンは後じさる。

しかしここではバナードがすかさずドーソンを助けに入った。

「でもシリウスお金持ってないじゃん。お金を払わなきゃ髪を切ってもらえないぜ?」

「お、おう、そうだそうだ、無料じゃ困る。おっちゃんのほうが貧乏になっちまう」

「そうよねえ、商売ですものねえ」

「……それは、その、切った後の髪を差し上げますから……」

「だめだよシリウス、それじゃ、髪を買ってくれって言っているのと同じだろ」

三対一の様相を感じたのだろう、シリウスの眉にわずかばかり力が入ったように見えた。

けれどそれ以上強くは頼まず引き下がる。

「……分かりました。おさわがせしてごめんなさい……。帰ろう、バナード」

「お、おう」

なんだかシリウスから若干恐ろしい雰囲気がかもし出されている気もするが、髪を切らせずにすんでバナードはほっとしていたし、床屋にいた二人はもっと安堵したことだろう。

特に床屋のおっちゃんであるドーソンは嬉しそうだ。

本当にシリウスの切った髪を無料で入手したなら、ドーソンはかなりの儲けを手に出来ただろうに、そんな儲けよりも、美しい髪を無残に切ることはどうしても嫌だったようだ。

店を出る前に、シリウスはドーソンへ駆け寄って、親父の手をぎゅっと握る。

「でも今度来る時はお金を持ってきますから、そうしたらその時は切ってくれますよね！」

「……えあっ!?　……う、うん……」

紫紺の瞳からまっすぐ見つめられてしまったドーソンは視線を泳がせ、しどろもどろになってしまっている。

まだ髪を切ってもらっている途中だったマリアは、この後まともに髪を切ってもらえるのだろうかと、見ていたバナードは心配になったが、どうしようもない。

シリウスとバナードが店で押し問答しているころ、突然塔が出現した広場ではかなりの騒ぎが起きていた。

ありえない現象が起きた現場を見学する人々でごったがえし、集まった顔見知り同士が、何がどうなったのだろうかと話し合う。

そんな中、何人かの目撃者の証言により、どうやら金髪の少年が魔法を使って塔を直したらしいという噂がじわじわと広まりつつあった。

「俺、見たんだ！　なんだか天使みたいな子供がいたからつい見とれていたら、その子が金色に光りだして、そしたら塔の跡地も光ってて、何だ何だと思ってるうちにあんな風に塔が出来上がっていたんだよ！　あれ絶対本物の天使だったんだって！」

実際にはてっぺんが未完成で、完全に出来上がってはいなかったが、目撃者は数人おり、皆同じような証言だったことから、彼らの言葉の信憑性は高いようだった。

そんな騒ぎの中へ城内につめているはずの近衛騎士たちがぞろぞろと現れ、人々を解散させるのかと思いきや、彼らはなにやら皆一様に焦燥感を漂わせ、

「その金髪の少年がどこに行ったか知らないか」と、必死な様子で尋ね回っていた。

店を出て、なんとなく気まずかったバナードだったが、シリウスは意外と元気で、不機嫌ではないどころか上機嫌に見えた。

「髪を切ってもらえなかったのは残念だったけど、散髪屋さんの中は色々なものがあったし面白かったね！」

お店へ入るという体験すら初めてだったシリウスには、なにもかもが新鮮で心躍る体験だったのだ。にっこり笑った笑顔がたまらなくかわいくて、つい赤くなってしまったバナードは慌てて視線をそらす。

「お、おう。面白かったな。ドーソンのおっちゃんなんか、すげー慌ててたし」

「もっといろんなものが見てみたいな。バナードと歩くのもすごく楽しいし」

軽やかに歩くシリウスは子鹿のようだ。

「でもバナード、君も分かったでしょ？　みんなあんな風に髪を切ってくれないんだ。ぼくが自分で切ろうとしたら、それっきりハサミもどっかに隠しちゃってさ」

「まじで？　ハサミがないと色々不便そうだ」

「そうだよ。このままじゃどんどん髪が伸びちゃって、今に引きずって歩かなくちゃならなくなるよ」

そんなに長い髪の人間は見たことない、と、二人で大笑いしながら歩く。

シリウスが何でも面白がるので、バナードはもっと色々なものを見せてあげたくなってきた。

「帰りは裏道を通っていこうぜ、近道なんだ」

「裏道？　違う道があるの？　通ってみたい」

単純に行きとは違う道を通ってみたくて、シリウスは頷いた。


表通りと違い、人の往来もほとんどなく薄暗い裏通りは、あまり治安が良くないものの、近所の悪ガキたちにとっては馴染みの深い日常の近道であり、バナードにとっても別段警戒するような場所ではなかった。

学校に通う時でさえ、躊躇わずこの道を使っている。

けれども今日は、床屋へ到着する少し前から、二人を見ている男たちがいた。

治安が良いとされているウェスタリアの国都であったけれど、光があれば影も存在するように、人々が繁栄している場所にはどうしても悪人も存在している。

彼らはそこらの子供たちとあからさまに毛色の違うシリウスに目をつけていた。

街を熟知している男たちですら、見たことのない子供だ。

どう見てもかなり育ちの良い子供で、うまく手に入れられれば高額な身代金の要求が出来るだろう。

それが無理なら売ってしまうという手もあった。

ウェスタリアで人身売買は禁じられていたが、合法な国も遠方には存在しており、他の密輸品と一緒に外国まで連れて行ってしまいさえすればどうにかなる。

あれほど美しい子供なのだから、さぞかし高値で売れるだろう。

しかし周囲の関心を集めながら歩いている目立つ二人組を襲うわけにはいかない。

子供たちが表通りを歩いている間は、隙を見て捕まえることも出来ず、静かにあとをつけるに留まっていたが、思いがけず裏通りへ入ってくれたので、物騒な男たちは下品な笑みを交わし合った。


シリウスの手を握り、元気よく裏通りを歩いていたバナードだったが、シリウスが急に足を止めたので転びそうになった。

「ちょっ、急に止まるなよ」

文句を言うと、シリウスは紫の瞳を進行方向にじっと向け、

「この先は行かないほうがいい」

と、深刻な顔で訴える。

「何だ、お前、怖いのかよ」

からかってやろうと思って言ったのだけれど、シリウスは厳しい表情。

「戻ろう」

「な、何だよ、この道、オレは毎日通っているんだぜ？」

「今日は通らないほうがいい」

シリウスがバナードの手を引き、元来た道を振り返る、その先、細い裏路地を塞ぐように、三人の男が立っていた。

「よう、ぼっちゃんたち、どこ行くんだい？」

同時に、進行しようとしていた方向からも、

「こっちは行き止まりだぜ？」

二人の男が迫ってくる。

バナードは自分のマヌケさに舌打ちしたい気分だった。

自分や街の他の子と、シリウスはあきらかに違っているとちゃんと分かっていたのに。

街のごろつき共だって、気づくに決まっている。

そもそも父のゲイルがシリウスに声をかけたのだって、綺麗な子供が一人で不慣れな街を歩くことを危惧したからだったのに。

道を塞ぐ五人の男たちを代《か》わる代《が》わる見つめ、どこかに逃げ出せる隙間はないかと焦った。

だがニヤニヤ笑いながら距離を詰めてくる男達は余裕の表情だ。

男の一人が気味の悪い笑みを顔に張り付けたまま、シリウスに向けて手を伸ばしてきた。

バナードはシリウスが怯えて悲鳴を上げるのではないかと思った。

けれどそうはならなかった。

シリウスは、自分より何倍も体重がありそうな厳つい男を、怯むことなく睨みつけた。

「それ以上近づいたら許さない」

落ち着いた声で悪人風の男に命じる。

「ぼくとバナードに触るな」

男を睨み据える紫の瞳が輝きを濃くしていた。

決して大きな声ではなかったし、怒りも怯えも感じさせない淡々とした声音だったが、その声にはごろつき共を躊躇わせるだけの力があった。

子供とは思えない、命じる立場にある者独特の威厳。

——手を伸ばしかけていた男は怯んだように指を止める。

だが、額にうっすらと冷や汗を浮かべたその男は、一旦は手を引っ込めたものの、怯えた己をなかったことにしようと、白々しい大声で笑った。

「……は、ははは！　き、聞いたか？　許さない、ときたもんだ！　本当にどこのおぼっちゃんだこいつ」

「……ったく、とっとと捕まえろよ」

男たちは、畏れをごまかすために、懐から肉厚のナイフを次々と取り出す。

手の中へ収まった武器の頼もしい重さが、たちまち男たちを勇気付けた。

「怪我したくないだろ？　いい子にしていればすぐに家へ帰れる。……まあ、お前の親次第だけどな」

だがシリウスは、やはり全く怖がる様子を見せなかった。

アメジスト色の瞳を鋭利に輝かせ、彼らの凶器を凝視する。


作るのと、壊すのは同じだ。

シリウスには分かっていた。

組み上げるのと逆にすればいいだけ。

作る時のように形を具体的にイメージしなくていいので、壊すほうがずっと簡単だった。

男たちの手の中の凶悪な武器が一瞬金色に光ったように見えた。

「あっ、あの光は……」

バナードは思わず声を出す。

塔が出来上がった時に見たのと同じ光だったからだ。

「うわっ！」

「何だ!?」

同時に男たちの悲鳴が上がり、彼らの持っていたナイフが砂のように変じてさらさらと手の中から流れ落ちる。

「……っ!?　ナイフが砂になっちまった！」

「どうなってんだ、くそ！」

舌打ちしたリーダー格の男はナイフが作った小さな砂の山を踏みつけた。

「ちくしょう！　このナイフ、バカ高かったのに！　お前らがやったのなら許さねえ！」

男たちに武器はなくなったが、状況はほとんど変わっていなかった。

攻撃力が著しく減少したといっても、五人の屈強な男たちに対して、少年たちはあまりにも非力だ。

じりじりと包囲を狭められ、バナードはシリウスをかばうように壁際まで下がった。

一番前の男が目の前まで迫った時、バナードは一瞬体を縮め、躊躇わず全力で男の脛を蹴り上げた。

本当は股間を蹴ってやりたかったのだが、身長差があったため確実に命中出来る場所を狙ったのだ。

狙いは見事に的中し、目の前の男は哀れな悲鳴を上げ、もんどりうって転がった。

「逃げろ！」

シリウスの手を握って駆け出す。――はずだった。

「おいおい、あんまりナメた真似してくれるなよ」

一人を倒したところで残りの四人はまるで気にしていない。

バナードの首根っこを掴んで引き倒す。

「こっちのガキはどうする?」

「適当に痛めつけて放り出しとけ。おれはこっちを捕まえる」

バナードの目の前で、シリウスは屈強なごろつきの野太い腕に捕らえられて暴れていた。

小さいくせに自分を背後から捕まえている男を踵で蹴り飛ばし、全く屈服しようとしなかったが、捕まえている男のほうもそれなりに必死なので逃げ出せない。

バナードが倒した男も目に涙を浮かべて起き上がってきていた。

「くそ、俺の脛を蹴りやがって……！　おい、金髪のほうを早く連れて行け、俺はこっちのガキにちょっと用事がある」

そう言うと、バナードに蹴り飛ばされた男は、加害者である少年に向け拳を振り上げた。

バナードは目を閉じた。

捕まえられていて逃げられないし、バカな自分にはふさわしい罰に思えた。

どうにかしてシリウスを逃がしてあげたかったけれど、到底力が及ばない。

振り下ろされる拳がやけにゆっくりに見えた。

「バナードを放せ！」

捕まえられているシリウスは、自分を拘束している男の腕に全力で噛み付く。

「いってええー！」

絶叫が響くとともに緩んだ腕からすり抜け、今まさに殴られようとしているバナードの上へ覆いかぶさった。

ガツン、という重い響き。

バナードは自分が殴られたのだと思った。

けれどいくら待っても衝撃も痛みも襲ってこない。

恐る恐る目を開け、自分の見ている光景が信じられなかった。

「シリウス！」

自分より年少の少年が、バナードの上へ覆いかぶさるようにして倒れている。

側頭部を殴られたらしく、輝いていた金の髪に、じわりと血の色が染みていく。

「シリウス！」

叫んでも反応しない。

バナードは蒼白になった。

「バカやろう！　そっちを殴ってどうするんだ！」

本来怪我をさせる予定ではなかった子供を殴ってしまい、動揺しているのはごろつき共も同じだった。

「う、うるさい。このガキのせいだ！」

脛を蹴られた男が、怒り任せにバナードの首根をつかんで路地へ放り投げる。

バナードは石畳の路地に背中をしこたま打ちつけられ、息が詰まって目の前が暗くなった。

（シリウス、ごめんな）

助けるどころか逆に助けられ、治療もしてやれない自分が悔しくて泣けてきた。

せめてどうにか助けを呼べたらいいのだけれど、背中を打ったせいで息が出来ず声も出ない。

――遠ざかる意識の中で、バナードは裏路地に青い光が満ちる幻を見た。

背筋を凍りつかせる悪寒に、物騒な男たちが一斉に振り返る。

暗い路地の、さらに濃い影の中、無言のまま立ち尽くしていたのは、清流のようにまっすぐな蒼い長髪を微かな風にそよがせている、十七、八歳ほどの青年だった。

男たちはいつの間にか自分たちの背後へ立っていたその人物に、こんなに近くへ接近されるまで全く気がつかなかった。

「な、何だお前、怪我したくなかったらとっとと失せろ」

「……」

無造作に伸ばされた前髪が表情を隠している。

青年は動揺する男たちを無視して彼らの横を平然と通り過ぎると、倒れているシリウスの傍らへ膝をつき、慎重に抱き上げた。

微かに震える指先で、怪我をした側頭部をそっと押さえる。

「お、おいっ、勝手に触ってんじゃねえよ！」

ただでさえイライラしていたごろつきの一人が、加減もせず全力で振りかぶり、膝をついている青年に殴りかかった。

普通の人間であったなら一発でノックアウトされてしまうような、生命を脅かす強烈な一撃だ。

だが、男は振り上げた拳を下ろすことができなかった。

「よくも……」

細身の青年の、低く唸るような声を聞いただけで、街の厄介者共は凍りつく。

蒼い前髪の隙間からのぞく、憎悪に沈むサファイアの瞳を見てしまったその瞬間、男たちは全員、目の前の青年が自分たちにとってまさしく死神であることを、絶望とともに察した。


己の身に確実に迫りつつある〝死〟。

逃れられない〝死〟だ。


もう間もなく自分は死ぬのだという確信に、骨の髄まで浸され、それ以外全ての意識が消し飛んだ。

足の先から冷気が這い上がる。

心臓が、氷で出来た悪魔の手に握り潰されたように萎縮し、呼吸すらままならない。

目の前に倒れている金蔓《かねづる》になるはずだった少年も、すぐ側にいる仲間たちのことも〝死〟の前では何の意味もなさなかった。

恐怖で男たちの視野は極端に狭くなり、昼間だというのに周囲が闇色に染まって見えた。

拳を振り上げた男は動けない。

蒼髪の青年はサファイアの瞳を殺意に染め、憎悪に満ちた唸り声を上げる。

「よくも……ボクの主を……」

シリウスを殴った男は、拳を頭上高く上げた姿勢のまま、痙攣するように小刻みに揺れていた。

その口からゴボゴボと恐ろしい音が鳴り始める。

耳や目、鼻からは、血色の蒸気が噴き出し、生臭いにおいとともに赤い霧のように周囲へ広がった。

蒼髪の青年とシリウスとバナード、三人の周囲だけが、何かに守られるように清浄を保っている。

今、シリウスを殴った男は体の内から沸騰し、明瞭な意識を保ったまま死につつあった。

水の分子の衝突による発熱で、じゅうじゅうと音を立てながら、男は蒸気を噴出しつつうつ伏せに倒れる。べしゃりと湿った音が鳴った。

「……己の愚かさを後悔しながら死ね」

青年が低く呟き、さらに男に向け魔力を放とうとした時だ。

「だめだよ……」

腕の中に抱かれたシリウスが、微かに声を上げた。

「殺しちゃだめだ……」

同時に、いまだ血色の蒸気を上げながら痙攣している男に金色の光が纏わりつく。

蛹《さなぎ》になる昆虫の繭のように、金の光が男を覆った。

体の内側から発せられる熱で黒く変じていた皮膚が、たちまち人の色を取り戻す。

蒼髪の青年は切迫した表情でシリウスの頬へ触れた。

「いけない、怪我をしているのに、今そんなに力を使っては消耗してしまう」

「でも……」

「――それに、あの男はもう完全に回復してしまった」

優しく、愛情を込めて、血に濡れていない部分の金髪を指でといた。

「あんなクズのために、これ以上力を使ってはいけない」

「……誰も殺さないで……」

シリウスの懇願に、青年はすぐには返事をしなかった。

命よりも大事な存在を傷つけた、愚劣な人間を許せなかったからだ。

問答無用にこの場で全員を始末するつもりだった。

「彼らを殺してしまったら、君が罪を負うことになる。お願い……」

シリウスはアメジストの瞳に涙をためて訴え、青年の腕を必死で掴む。

蒼髪の青年は、シリウスの額へそっと触れると、躊躇いつつもようやく頷いた。

「分かった。でも今回だけ。二度目があったら必ず殺す」

青年の唇から、眠りを誘う魔法の呪文が短く詠唱される。

「さあ、もう眠って、休まないと」

「待って、名前を教えて」

「――フォウル」

「……フォウル……？」

言葉が終わると同時にシリウスの唇から規則的な呼吸音が聞こえ始め、フォウルは安心したように息をつく。

蒼い髪の青年――フォウルから放たれる殺気は霧消したわけではなかった。けれど先ほどまでの絶望的な状況とは大きく違い、暴漢共は指一本も動かせない金縛り状態からだけはなんとか脱していた。

視線を合わせ、真っ青な顔色のままこっそりと頷き交わし、倒れたままの仲間の男を全員で抱えあげると、倒《こ》けつ転《まろ》びつ逃げ出した。

フォウルは男達を追わなかった。

追えば殺さずにいられないと分かっていたからだ。

シリウスと約束した以上、手を出すわけにはいかない。

フォウルは眠るシリウスを改めて膝の上に抱きしめた。

「今、治してあげるから」

出血箇所へ治癒魔法を使い、速やかに傷を塞いだ。

眠っているシリウスを抱きしめたまま、フォウルは蒼い瞳に涙を浮かべて動かない。

長い間そうしていたが、自分の着ていた上着を脱いで石畳へ敷くと、その上へそっとシリウスを横たえた。

シリウスがちゃんと眠っているのを確認し、フォウルがその場を去ろうと立ち上がった時、微かな力でズボンの裾を引かれた。

「行かないで」

小さく声をかけられ、フォウルは凍りついたように動けなくなった。

大切な少年に視線をやれば、やはりまだ深く眠ったままだ。

意識のないままフォウルを呼び止めたらしい。

「……ボクもあなたと一緒にいたい……。でも、もう行かなくては。――なすべきことを終えるまでは……」

魂を引き千切られる想いでフォウルは声を絞り出した。

この場所から、シリウスの傍らから離れるなど、自分には絶対に不可能なのではないかと思えた。

だがこれから先、自分がなそうとしていることを成就させるため、今はどうしても耐えなければならない。予定通りにいけば、ずっと一緒にいられるのだから。

――全ては主の命を奪わせないために。

横たわったまま眠るシリウスをもう一度見つめると、フォウルは振り向かないまま、その場から逃げるように駆け出した。


シリウスを探し回っていたカイルとアルファ、それに城内の騎士たちは、人目も憚《はばか》らず城下町を走り回り、何も知らない市民たちを一体何事が起こったのかと随分驚かせた。

シリウスが直した塔の噂を聞きつけ街の西側を駆け回っていたアルファに、騎士の一人からの報告が届けられたのは、カイルとアルファが、シリウスが部屋にいないことに気づいて探し始めてから一時間ほど経過した頃だ。

「黒竜公閣下、シリウス殿下が見つかりました！」

「ご無事か！」

「それが、詳しくは伝わっていないのですが、お怪我をされているらしいとのことです」

その報告にアルファは蒼白になった。

「どこにおられる！」

騎士はアルファの怒声に怯んだが、なんとか持ちこたえて聞き伝わった場所へ案内した。


アルファが現場へ到着した時、狭い裏路地はすでに騎士たちが厳重に取り囲んでおり、一般人の立ち入りを完璧に防いでいた。

最初に目にしたのは、白い医療服を着込んだ医師がしゃがみこんで子供の治療をしている姿。

シリウスは上半身を起こし、医師の質問にもはっきりと返事をしていた。

「シリウス様！」

すかさず駆け寄りその場へ膝をつく。

「アルファ、来てくれたの？」

振り向いたシリウスの美しい金髪が一部、血で赤く染まっている。

主が怪我をしている様子を初めて見たアルファは表情を硬くした。

「誰が、こんなことを……」

わなわなと震える手を慎重に伸ばして主人の頬へ触れた。

すべらかなその頬がいつもよりも冷たい気がして、痛々しさに胸が締め付けられる。

どんなに恐ろしかっただろう。

「……心配かけてごめんね。でもちゃんと治してもらったから、もう大丈夫だよ」

アルファはシリウスの言葉を確認するように、鋭く医師を振り向いた。

医師は頷く。

「我々がここに到着した時、すでに治癒魔法によって傷は塞がっておりました。殴られた衝撃でまだ少々弱っておいでですが、怪我自体はもう心配ございません」

「そうか……」

安堵で大きく息をついたアルファだったが、安心すると同時に今まで分からなかった気配の残滓に気づいた。

顔を上げ、改めてその気配を確認する。

「……蒼竜……」

そこに残っていたのは、過去に一度だけ会ったことのある人物の魔力の名残。

アルファは無言のまま立ち上がり、調査を続けている騎士へ声をかける。

「犯人はどうなった」

「は。すでに何人かは捕らえたようです。全員ひどく怯えきっていて、ほとんど抵抗もなくすんなり連行されたとか」

一体何を見て、何をされたのかは分からなかったけれど、犯人たちの中には恐怖のあまり失禁している者や、一時的に正気を失いかけている者もいるという。

どんな目にあえばそんな風になってしまうのか、想像すると恐ろしかった青年騎士だったが、見上げたアルファの表情を見て、想像すると怖い、などという甘い感情を捨て去った。

想像などよりも、今現実に、まさに自分の目の前にいる、黒衣黒瞳の青年のほうが、何万倍も恐ろしかったからだ。

「実行犯だけではなく、そいつらの仲間も全員一網打尽にする。絶対に容赦せぬ」

静かに、重々しく宣言し、アルファは黒瞳を闇色に染めた。

「捕らえられる前に俺が捕まえたかった。塵も残さず消し去ってやったものを……」

アルファの呟きが耳に届いてしまった不幸な騎士は、その後一ヶ月間、暗い部屋では眠れない体になってしまった。


バナードが目を覚ましたのは、アルファが現場へ到着する少し前だった。

いつの間にか周囲には大勢の騎士たちがいる。

「お、ぼうず、目が覚めたか？」

そのうちの一人が優しく声をかけて体を起こしてくれた。

「うん。……ねえ、もう一人、子供がいたでしょ？　殴られて怪我しているんだ。助けてやって」

「ああ、今やってる最中だから大丈夫だ。ぼうずを心配しておられるぞ」

バナードはシリウスが無事だと聞いて、二人とも助かったんだという安堵で涙が出そうになった。

周囲を見渡すと、倒れているシリウスの近くには医者らしき人物がしゃがんで治療をしてくれている。

「シリウス……」

自分が危険な道を選んだせいでこんなことになったのだと思うと後悔で胸が苦しい。

「お前、家はどこなんだ」

「えっ、……東通りの果物屋だけど……」

そう答えると、騎士は、ああ、あそこのヒゲオヤジの店か、と、即座に分かってくれたようだ。

「お前を城へ連れて行って、ちゃんと治療してやってほしいというシリウス様のご命令なのでな、家には我々が連絡するから心配するな」

「？」

騎士の言葉の意味は分かるが、理解ができなくてバナードは怪訝な顔をした。

「城？」

「まあついたら誰かが説明してくれるだろう。ここに子供がいると色々と都合が悪いのでな。シリウス様も応急処置がすみ次第お運びする。立てるか？」

「う、うん」

放り投げられた時に打った背中は、不思議なことにもうほとんど痛みを感じない。

バナードの疑問には、騎士の青年が答えてくれた。

「俺が治癒魔法で治してやったんだぞ。治したっていうよりも、お前の場合打ち身の痛み止めってところだな。でもまあ俺の魔法は気休めみたいなもんだから、城でちゃんとプロに診てもらってくれ」

「兄ちゃん魔法が使えるんだ……。すごいや。ありがとう」

それほどでもないさ、と、口では謙遜したが、褒められた騎士の青年は嬉しそうだった。

バナードは馬車へ乗せられたが、騎士はその場に残るようだった。

まだ調査することがあるという。

「……そういえば、オレたちを襲ったやつらって捕まったの？」

「ああ。ほとんど捕まった。残りもすぐ捕まえるから、安心しろよ。ウェスタリアにあんな悪者がいるなんて許せないからな。――おい、乗ったぞ、出発してくれ」

騎士の言葉に応じて馬車が動き始める。

「城って、どこのことだろう」

事ここに至っても、バナードは騎士の言う〝城〟が国王一家の居住する『セントディオール城』だとは思っていなかった。

高位の貴族の屋敷を〝城〟と呼ぶ場合もあるので、そちらのほうかと想像する。

「あいつ、やっぱり貴族のぼっちゃんだったんだなあ」

騎士たちが『シリウス様』と呼んでいたし、と、溜息をついた。

一緒にいるうちに、段々と素直でかわいらしい弟みたいに思えてきて、友達になれたら、なんてのんきに思っていたのだけれど、やはりというか、どうもそういう気軽な身分ではないようだ。

近所で見かけない子だったし、もしかしたら知らない城のある、ものすごく遠くまで行くのかもしれない。

御者の人に聞いてみようと身を乗り出した時。

「ついたぞ」

のんびりと声をかけられて驚く。

「もうついたの？」

「ははは、当たり前だろう、うちの馬たちは強健なんだ」

御者が扉を開けてくれて、それでようやくバナードは事態を察した。

「セントディオールじゃないか！」

「どこへつれていかれると思っていたんだ？」

笑い含みの呆れ声で言われてバナードは大混乱だ。

「ほれ、医者に診てもらうんだろ」

「だ、だ、だ、大丈夫！　怪我なんかほんと、たいしたことないんだ！　もう痛くないし！」

こんなすごい場所に入るわけにはいかない。

断固として絶対に無理だ。

だが御者は頭をかいて肩をすくめた。

「シリウス様のお願いを無下にしたなんてことがバレたら、オレが城中の人間に殺される。ほれ、付いてこい」

そう言って歩き始めてしまったので、バナードは仕方なく御者の男に付いて行くことにした。

「ね、ねえ」

「何だ？」

「シ、シリウスって、おじさんよりエライ人？」

「ぶはっ！」

聞いた途端に御者が盛大に噴き出した。

「本気で聞いてるのか!?」

「本気だよ！」

「うーんそうか。何も知らないってのはすごいことだ。そういや城下にはまだ知らせていないもんなあ」

太り気味の顎をさすりながら御者はしみじみと言う。

「シリウス様は、もちろん、オレなんかの千倍偉いお方だよ」

「貴族？」

「うんにゃ」

「えっ違うの？」

「違うとも」

御者は胸を反らしてにんまり笑い、

「オレたちの王子様だ。貴族じゃなくて王族さ。国王陛下のご子息。御次男であられる。あんな素直で優しい子がオレたちの上司なんて、ほんと最高だろ」

自慢げに、そしてとても嬉しそうにウィンクした。


カイルが事態を知ったのはシリウスが城内へ入り、治療も終えた後だった。

一人で街はずれのほうを駆け回っていたせいで知るのが遅れた。

シリウスの部屋へ駆け込み、主人が頭に包帯を巻いてベッドに上半身を起こしている姿を見て絶句する。

「シリウス様、お怪我を……っ!?」

「もう治っているから、包帯はいらないって言ったんだけど、傷が開かないように、念の為にしていなきゃだめなんだって。……心配かけてごめんねカイル」

素直に謝ってから、カイルに手を伸ばした。

カイルは駆け寄ると、すかさずシリウスを抱きしめてしばらくそのまま動けなかった。

主人の怪我をした姿が痛々しくて涙がこぼれる。

怪我をした瞬間のことを思うと耐えられない。

カイルの動揺しきった様子に、いつもなら文句を言いそうなアルファも黙って見守っている。

アルファ自身も、さっき裏路地で主人を目撃した時は相当に動揺していたからだ。

徐々に落ち着いてくるとカイルはシリウスを解放し、慎重にベッドへ寝かせた。

「もう何も心配ございませんからね。ゆっくりお休みになってください」

これ以上ないぐらい優しい笑みで主の手の甲へ口付けると、アルファと視線を交わして部屋を出る。

扉の外で、カイルはアルファに小声で詰め寄った。

「お怪我の原因は？　何故頭部に包帯など……っ」

「……暴漢共に襲われたのだ。誘拐されそうになって抵抗し、そいつらの一人に殴られたのだと、おっしゃっていた」

「……っ！」

カイルの髪が怒りに逆立った。

真紅の瞳にまさしく炎のような輝きが宿り、持ち主の怒りを如実に映し出す。

「なんということを！　襲ったやつを探し出して消し炭にしてくれる！」

今すぐにでも城を飛び出していきそうな勢いのカイルをアルファが制した。

「落ち着け、俺もそうしてやりたかったが、犯人たちは全員騎士団に捕らえられた。――ウェスタリアの法で裁かれるだろう」

カイルは歯軋りし、普段の穏やかで紳士的な様子とは、かけ離れた殺気を放っていた。

アルファも溜息をつく。

「そのことは残念だし、俺としても実行犯以外の関係者まで一人残らず洗い出して一掃してやるつもりだが……。――カイル、我が君を救ったのはおそらく蒼竜だ。現場に魔力の残滓があった。我が君も、青い髪のフォウルという青年が助けてくれたとおっしゃっていたから間違いない」

「蒼竜公が……？　では何故今ここにいないのだ」

「俺に聞くな。だが、我が君をお助けするために現れたことを考えても、俺たちと同じように我らが君を主君として見ているのは確かだろう。シャオ……白竜公もそのようなことを匂わせておられたしな」

アルファは完璧に整ったシャープな顎に手を当て、黒曜石のようにきらめく瞳を伏せた。

「考えなければならぬことも確かに多いが、我らは我らの務めを果たさねば。今後は二度と、我が君に傷一筋負わせるわけにはいかぬ」

重々しく、いささか大げさに宣言したアルファに、カイルも深く頷いたのだった。


バナードは産まれて初めて城の中へ入り、美しいビロードの絨毯を土足で踏むことに罪悪感を覚えていたが、御者のおやじに案内されて連れて行ってもらった医務室が、馴染み深く質素な造りだったたので心底ほっとした。

通っている学校の保健室を十倍綺麗にしてうんと広くしただけという雰囲気。

なにせ他の場所は綺麗なだけではなく、どこもかしこも高級そうな家具や絵画が溢れていて、もし万が一、どれか一つでも壊してしまったら、一生かかっても弁償できそうにない。

それに比べたら、医務室には触ったら割れそうな美しい壷も、汚してしまいそうな絵もない。

並べられている品物も、見知った薬品や道具が多かった。

違っているのはやたらにベッドが沢山あったことと、レンガ造りの校舎と違い、壁が真っ白でつるつるした石造りだったことぐらいだ。おそらく城務めの人間のための医務室なのだろう。

もう一つ学校と違う点として、医務室にはメガネをかけた若い女性の医師がいた。

下町にある学校の医務室には常駐の医者などいない。

軽い怪我ならその辺にいる先生が手当てをしてくれたし、大怪我だったら親と医者が呼ばれてくる。

その医者も、今年七十歳になるじーちゃん先生だった。

じーちゃんとは明らかに違う若々しい女性が白衣の胸元から羽根ペンを取り出してニッコリ笑う。

「ぼうや、名前と年齢は？」

「バ、バナードです。年は十歳……」

「ふうん、なかなか男らしい、いい名前だ」

メガネの奥の瞳をキラリと輝かせ、女性の医師はバナードに近づく。

「あたしはメリンダ。城の中では主に兵士たちの治療を担当してる。でもいつかそのうち成り上がっ

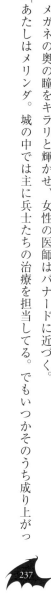

て、王族の方々を治療するのが目標なの」

「……」

会って早々女性医師の野望を聞かされたバナードはポカンと口をあけたが、あえて突っ込んだりはしなかった。

そんな患者の様子を一切気にしないままメリンダは続ける。

「だってバナードくん、あなた知ってる？　ルーク殿下もシリウス殿下も、そりゃあもうイイ感じなんだよ。絶対に出世して治療させていただきたい！　治療じゃなくて健康診断でもいい！」

両手を胸元で握り締めながら熱く語る。

「は、はあ。ルーク殿下、にはお会いしたことないけど……」

産まれて初めて『殿下』などという敬称を使ったバナードはなんだか少し照れくさかった。

それにしてもこの女性はちょっと危険な感じだ。

「あ、ごめんごめん、つい、盛り上がっちゃった。で、君はどんな怪我したの？　シリウス殿下を助けてくれたんだって？」

「助けてはいないよ。助けられたんだ」

その時のことを思うと今も胸がチクリと痛んだ。

あんなに細くて華奢なシリウスに庇われて、そのシリウスは大怪我をしたのだ。

自分のほうは放り投げられて背中を打ったけれど、今は治癒の魔法のせいもあってほとんど痛みはない。

メリンダは、ふうん、と頷いてから、ニヤリと笑う。

「でもさ、シリウス殿下は、バナードくんが助けてくれたから無事だったたっておっしゃってる。あたしとしては主君のお言葉を優先しないとね。シリウス殿下を助けてくれてありがとう。うちの城の人間ってさ、皆あのかわいらしい王子様が大好きなんだよ」

話しながら、メリンダはバナードの体を診察し始めた。

「特にさ、何でか城に居座ってる赤竜公と黒竜公が、シリウス殿下にベッタリで、甘いし過保護だしやきもちやきだし、護衛だからって一日中殿下の側から離れなくって」

「えっ、黒竜公と赤竜公って【竜人】のことじゃないの!?　【竜人】がこのお城にいるの!?」

「そうだよ、あたしも最初は怖かったんだけどさ、でも二人とも殿下のことしか頭にないし、殿下に害にならなけりゃ怒ることもない。赤竜公なんかはわりと他の人にも優しいし、見てるだけならどっちもドエライ美形だから、見られた日はラッキーだ。……ほい、治癒魔法が早かったから問題ない。骨にも異常はないし、何日かは痛い時もあるかもしれないけど湿布をやるよ」

湿布がどうとか言われても、バナードには何も考えられなくなっていた。

シリウスが王子だというのも驚きだったけれど、今思えばシリウスの言動は王子にふさわしいものばかりだったように思えるし、見た目だって、いわれてみればいかにも王子な雰囲気だったから、まあ分かる。

でも【竜人】がシリウスにベッタリとはどういう意味なのだろう。シリウスの護衛!?

【竜人】が誰にも忠誠を誓わないのは、この世界の人間なら言葉をしゃべらないような小さな子供だって知っている理だった。

それに、王子は世界中にきっと二百人とか三百人とか、もしかしたらもっといるけれど、【竜人】は世界に四人しかいないのだ。

バナードにとっては御伽噺《おとぎばなし》の中の住人と大差ない生き物だった。

その四人のうち、二人がここにいるなんてとても信じられない。

「ね、ねえ」

「ん？」

詳しく聞きだそうとしたその時だ。医務室の扉がノックされ、メリンダが返事をすると同時に黒い髪の青年が入ってきた。

「失礼する」

「おや、黒竜公殿じゃないですか、シリウス殿下はお休みに？」

「黒竜公様!?」

バナードは椅子の上で硬直した。

部屋に入ってきた黒髪の青年は、バナードが今まで見たどんな人物よりも力強い魅力に満ち溢れていた。

一目見ただけでその強さが伝わってくる。

比較的ラフな黒いジャケットを着たその青年は、長身を屈めることもなくバナードを見下ろした。

「バナード殿というのはそなたか」

「は、はひ！」

声が上ずってしまったが、それでも返事が出来ただけ上等だった。

誰かに『殿』などと呼ばれたのは産まれて初めてだ。

黒竜公と呼ばれた青年は、黒曜石のようにきらめく瞳をバナードへ向ける。

バナードのほうは見つめられただけなのに、魔法にかけられたように何も考えられなくなってしまった。

とにかく尋常でない力の差が本能的に怖かったのだ。

怯えるバナードを黒竜公は笑ったりしなかった。

ほんのわずかだが表情を柔らかくし、バナードの前へ膝をつく。

「!?」

これにはバナードだけでなくメリンダも仰天したが、黒竜公、アルファはバナードの手をとると、頭を下げた。

「我が君をお助けいただき心より感謝する。勇者に敬意を。——何か礼をしたいのだが、希望はあるか」

「れ、れい!?」

「俺に出来ることなら何でも構わない」

バナードは大いに慌てた。

動揺したうえに混乱し、さらには慌てているものだから、まともに思考もできなかったが、それで

もなんとか、

「オ、オレ、シリウスを助けてなんかいません。助けてもらったんだよ」

と、伝えることが出来た。

「だが、我が君は、バナード殿が敵の一人を蹴り倒したとおっしゃっている」

「……けとばしたのは本当だけど、相手はすぐ平気になっちゃったし、結局逃げられなかったんだから意味ないよ……」

その時のことを思い出してバナードはまた悲しくなった。

だが、怖いと思っていた黒竜公が優しいまなざしで自分を見ているのに気づいて悲しい気持ちはすぐに吹き飛んだ。

なんだかすごく勇気付けられる視線だ。

「バナード殿、我が君は、他にもそなたが仕事の途中に抜け出してまで、親切にも長い時間をかけ道案内をして、目的の店までつれていってくれたとおっしゃっている。沢山話をして楽しかった、とも。バナード殿がいなかったら、我が君は道に迷ったまま、もっと恐ろしい事態になっていたやもしれぬ」

「……うん、道案内は楽しかったよ。シリウスは髪を切りたいんだって言って、でも、オレ、切ってほしくなかったんだ。だから途中で説得したんだけど、シリウスってかわいいくせにわりと強情で絶対床屋に行くって言って聞かなかったんだ」

そう言うと、驚いたことに黒竜公が微笑んだ。

「我ら城内の人間の気持ちを理解してもらえてありがたい。あの髪を切るなど、そんな暴力的なこと、一体誰にできようか」

部屋の中の三人は、初めて共通の想いで頷きあったのだった。

「バナード殿がすぐに希望を思いつかぬのであれば、いつでもいい。城に来て申し付けてくれれば俺が叶えよう」

「ほ、ほんとうにオレ大丈夫ですから、気にしないでください」

「そうはいかぬ。我が君の大事、救ってくれた大功に報いるにはささやか過ぎるぐらいだ。金品でもいいし、他の何かでもいい」

アルファは立ち上がり、不適な笑みを浮かべる。

「俺に出来ることなら、と言ったが、相当無茶な願いでない限り、出来ぬことなどないと思ってかまわぬ。我が君の妨げにならない事柄であれば、だがな」

「は、はい」

ようやくそう返事をすると、アルファは満足げに頷き、再びいつもの無表情に戻ったのだった。

「ところで黒竜公殿、貴公はバナードくんにお礼を言うためだけに来たのですか？」

「ああ。我が君は直接お会いになりたがっていたが、今日はもうお休みいただいたので、主に代わって礼を述べになな」

「シリウス……シリウス様はもう寝ちゃったんですか？　怪我は本当に大丈夫だった？」

立ち上がって身を乗り出したバナードの頭に、アルファは力強く手を乗せた。

「心配いらない。傷はもう完全に塞がっている。勝手に城を抜け出したことを反省していただく意味も込めて、早めにお休みいただいたのだ。バナード殿は俺が馬車で家まで送ろう」

バナードは目を丸くして飛び上がった。

「黒竜公様に送ってもらったりしたらオレ殺されちゃうよ！」

「殺される？　誰に」

「だ、誰にって、ええと、親父とかに」

「ふむ、物騒だな」

二人のやり取りを黙って聞いていたメリンダが噴き出した。

「バナードくん、黒竜公にそういう冗談は通じないよ。素直に送ってもらいなさい」

「冗談が通じないとは心外だ」

心外だと言いつつも、表情は全く変わらないまま、アルファは歩き始める。

「では参ろう」

「えっ！　あっ！　ま、待って……！」

黒竜公に対して何かを断るなどという愚考はやはり無意味だったようで、バナードの意向は完全に無視されたのだった。

馬車の中で、この世界で最強の人物だと噂の黒竜公と二人きりにされ、会話も一切ないまま、バナードは気まずい時間を過ごしていた。

悪い人ではないのは分かるし、どうやらシリウスのことをとっても大事にしている様子なのも分かる。

分かってはいるのだけれど、本性は人知を超えた力を持つ竜だという、信じがたい素性のその人が、やっぱり少々怖いのだ。

それに黒竜公は馬車に乗り込んでから一言も言葉を発していない。

けれども睫毛を伏せて静かに座っているだけの黒竜公がとても自然な様子だったので、狭い場所に一緒に押し込められて、精神的に影響されつつあるバナードも、次第に落ち着いてきた。

目を閉じている黒竜公はバナードの視線に気づいていないようだ。

二度とない機会かもしれないと、青年の顔をしみじみと眺めてみる。

偉大な芸術家が作った古代の彫刻のように、彫りの深い端整な横顔、長い睫毛。

それに黒竜公のつややかな黒い髪は、よく見ればただの黒ではなく、不思議な色合いの輝きを放っていて、それはとても……、

「あ、あの、黒竜公様の髪はシリウスの髪に似ていますね」

「……」

つい話しかけてしまい、顔を上げたアルファの鋭い視線を受けて怯んだが、もうバナードはこの恐るべき人物が実は怒ってもいないし不機嫌でもないことを察していた。

アルファは自らの髪へ触れ、

「我が君の御髪《おぐし》は他と比べようもないほどに美しい金だ。俺のように何の芸もない黒髪とは違う」

「い、いえ、黒竜公様の髪もすごく綺麗です。それに、シリウスの髪と同じで、よく見ると不思議な色をしています」

「ああ……、そういうことか。一般にはあまり知られていないし間近でよく見ないと気づかないが、【竜人】は皆金属のように複雑な光沢のある髪と目の色をしている」

「へえ……、知りませんでした……って、……ん？」

一瞬普通に聞き流してしまったが、アルファの言葉の内容の重大さに気づいたバナードは目を見開いた。

「あ、あれ？【竜人】は皆……て、じゃあ、あ、あの、シリウスも……？」

「まだはっきりとは分からぬが、おそらくそうだ。だが、このことは他言無用だぞ」

かなり重要かつ大変なことを聞いてしまった気がするが、黒竜公は他言無用と言いつつも、それ以上念を押してはこない。

「オレみたいな子供に話しちゃって良かったんですか？」

「人の口に戸は立てられぬ。我が君が成長なされば、数年後には一定の年齢以上年をとらないことがすぐに分かる。隠したって隠し通せるものではないし、大々的に発表せずとも自然に広まるのであればいらぬ騒動を避けられる」

そんなものか、と思いつつも、黒竜公が秘密を話してくれたことがバナードは嬉しかった。

それにシリウスがやはり特別な子供で、その子と一日だけでも友達でいられたのだから余計に嬉しい。

「――黒竜公様」

「何だ」

「あの、願いがあったら言えっておっしゃっていましたよね」

「ああ。決まったか？」

無表情なりに、興味ありの光を瞳にたたえ、アルファはバナードを見た。

「もし、もしも、許されるのでしたら、オレ、シリウスの友達になりたいんです」

バナードの答えを聞いた途端、アルファは呆れたように息をつく。

「やっぱり、だめ、ですよね……」

「違う。そうではない。我が君はすでにそなたを友人だとおっしゃっていた。だからその願いは叶えられぬ。――すでに達成されているからな」

「は？」

ポカンと口をあけたバナードが面白かったのか、アルファは微かに笑みを浮かべる。

「いつでも城へ遊びに来ればいい。他に願いはないか」

「……」

しばし呆然としていたバナードは、黒竜公がじっと返事を待っているのに気づいて慌てた。

それならばと、きっと無理だろうと考えていた、もう一つの願い事をダメ元で提案してみる。

「じゃ、じゃあ、あの、オレのかあさんの足を治せませんか」

「ご母堂は足がお悪いのか」

「右足だけだから杖があれば自分で歩けるけど、生まれつき足の骨が曲がる病気なんです」

それを聞いてアルファは眉を顰めた。

「生来の病はその人間の標準であり基本だ、その人物本来の姿に戻すことが治癒魔法の本質であるから、後天的なものでない限り、魔力をもって治療することは不可能だ。顔の形を望むものに変えられぬのと同じこと。痛みを取り除くことや、外科的な手術の費用であれば援助してやれるが」

「医者には診てもらったんですけれど、やっぱり同じことを言われました。生まれつきの病気は治せないって……」

「そうか、では、無理かも知れぬが俺も診てみよう」

それっきり、再び馬車の中に沈黙がおちたが、バナードはもう気まずいなどとは感じなかった。

代わりに、もうすぐ家に到着してしまうのが、ひどく残念に思えたのだった。

果物屋のゲイルと、その妻のアティは、家で息子の帰宅を待っていた。

やがてにわかに外が騒がしくなり、馬蹄の音が玄関前で停止したので、夫婦は何事かと顔を見合わせる。

ゲイルが足の悪い妻に手を貸して立ち上がらせ、二人で外を覗いてみた。

「まあ！」

外へ出た夫婦は、逞しい栗毛の馬が二頭、小型だが手入れの行き届いた馬車を引いて、玄関先へ居座っている様子を目撃した。

普段そんな立派な馬車が来ることのない住宅街だったので、近所の人々も同じように顔を出してざわめいている。

人々の関心を浴びまくっている件《くだん》の馬車から元気よく飛び出したのは、一人息子のバナードだ。

「バナード！」

夫婦で驚きの声を上げ、続けて降りた黒衣の美丈夫を見て今度は息を呑む。

見るからに只者ではない風情の長身の男が、ゲイルとアティに頭を下げた。

「お騒がせして申し訳ない。ゲイル殿、ならびにアティ殿であられるか。この度、ご子息が我が主君、シリウス・オヴェリウス・ウェスタリア殿下を心身ともにお助けくださったこと心より礼を申し上げる。バナード殿のご両親にも感謝と敬意を差し上げるため同行させていただいた」

「は、はい？」

理解しがたい内容を、心地よいバリトンの美声で淀みなく一気に告げられ、ゲイルは声が裏返ってしまったし、アティは言葉もない。

「ご子息、バナード殿は、勇敢で誇り高い男子だ。我が君も、臣下一同も感服している。ご両親におかれてはご子息を心より誇りに思っていい」

「……」

ゲイルとアティはもちろん、やたらと褒めちぎられているバナードも呆気に取られていた。

一番最初に我に返ったアティが慌てて、

「あ、あの、狭い家ですが、もしよろしかったら、お茶でも……」

精一杯の誘いだったのだが、アルファはアティに優しく微笑んでかぶりを振った。

シリウス以外に向けられた黒竜公のその笑みが、どれほど貴重でどれほど稀有《けう》なものだったか、アティには生涯知る機会はなかったが、黒衣の青年の外から見える雰囲気がどれほど恐ろしくとも、心根の内実は優しい人物なのだと察せられるような、頼もしくも穏やかな笑みだった。

「ご好意だけありがたくお受けする。だが我が君の側をあまり長い時間離れるわけにはいかぬのでな」

そしてバナードの肩を叩き、

「今日は本当に素晴らしい働きだった。先ほども申したが、いつでも城へ来るといい。我が君がお待ちしている。それと、そなたの母上の足だが……」

言葉を切ったので、バナードには聞かずとも結果が分かっていたのだが、アルファの言葉をじっと待つ。

「やはり生来のもので俺にはどうしようもないようだ。望みは何だと聞いておきながら、力になれずすまなかった」

そう言って上着の内側から革の袋を取り出した。

「せめて治療の助けにこれを使え。下世話なものだが役に立つ」

受け取った革袋はずっしりと重く、バナードはその予想外の重さによろめいてしまった。

もしかして現金なのかと、慌てて返そうとした時には、黒衣の青年はすでに馬車へ乗り込むところだった。

アルファは最後に振り向いて、バナードの一家へ深々と礼をすると、近所の人々の興味津々な視線を受けながら、振り返ることなく堂々と去って行った。

7話　優しい贈り物

一人で街を抜け出したあの日以来、シリウスは街へ行ってみたいと言わなくなった。

以前はあんなにも外へ出たいと言っていたのに。

カイルとアルファは安心すると同時に、主人が不慣で悪党共への怒りを新たにする。

シリウスが本当はもう一度街へ行ってみたいと思っていることなど、何より主人を大事に思っている二人にはもちろんお見通しであったが、それとなく聞いてみるのもなんとなく気が引けるのだ。

けれど、バナードは元気かなあ、と寂しげに呟きながら、じっと窓の外を見つめるシリウスの様子を目撃するに至って、アルファはついに我慢できなくなった。

「我が君、我らとともに街へ下りてみませんか?」

カイルもすかさず勧める。

「そうですよ、我々がご一緒であれば、どこへでもお連れいたしますから」

シリウスは一瞬嬉しそうに目を輝かせて二人を見たが、すぐにその笑顔が曇った。

「ううんやめておく……。またみんなに迷惑をかけたらいけない。城の中だって二人がいるし、十分楽しいんだから、ここにいるよ」

【竜人】二人は、主人の寂しげな様子に心を痛めていた。

あの日、黙って一人城を抜け出したせいで、城中の騎士たちが総出で自分を探し回ったという出来事が、相当応えているらしい。

しかも怪我をして大勢に心配をかけてしまった。

子供らしいちょっとした好奇心だったはずなのに、皆に大変な迷惑をかけたと消沈している主人は、気の毒で見ていられない。

カイルはシリウスの前へ膝をつき、その手をそっと取った。

「失礼ながらシリウス様はまだほんの子供であられるのですから、もっともっと我々に我侭《わがまま》を言って迷惑をかけてくださらなくては困ります」

きょとんとしているシリウスに、アルファも膝をつき頷いた。

「我々も、我が君とともに街を歩いてみたいのです。――バナードの一家が営業している果物屋へ行って、留守番をする城の皆に旬の果物を買ってまいりましょう」

信頼する二人に見つめられ、シリウスはおずおずと口を開いた。

「いいの……？」

「もちろんですとも」

【竜人】二人が唱和したので、シリウスは彼らに飛びついた。

シリウスが飛びついたぐらいではビクともしない二人だったので、主人をしっかり受け止める。

「ありがとう二人とも、……大好きだよ」

嬉しい言葉を受け取って、【竜人】たちは感無量という言葉の意味をしみじみと噛み締めたのだった。


街の人々は再び金髪の少年を目撃した。

一度目は一ヶ月ほど前のことだ。

あの日は倒壊していた広場の見張り塔が、どういうわけか一瞬で出来上がってしまうという、ありえない現象が起きた日でもあった。

目撃者の話は街中に広まっていて、どうやら塔を修復したのは、商店街を歩いていたあの少年らしいということも分かっていた。

しかもあの日、城の騎士たちが「金髪の少年を見なかったか」と必死な様子で聞き込みをしていたので、街の人々は少年の正体もなんとなく察していた。

そんな風に、これでもかと色々な印象を残した少年が、今また街を歩いている。

今日の少年は、この前よりも一層嬉しげに、子鹿のように飛び跳ねながら石畳の街路を歩いていた。

人々は皆、前のようにこの少年を見つめていたかったのだけれど、今回はうまくいかなかった。

それというのも、赤い髪と黒い髪の青年たちが、ただならぬ様子で少年を護衛していたからだ。

二人はさりげなさを装うこともなく、あからさまに警戒の視線を周囲に投げかけながら油断なく歩いていた。

　ごく一般的な街の住人に対しても、一人一人安全な人間かどうかを値踏みするように遠慮なく観察している。


　果物屋のゲイルは、なんとなく表通りがいつもよりもざわついていることに気づいた。

「おい、バナード、あっちのほう、なんか様子がおかしくないか？」

「はあ？」

　息子は気のない返事を返してくる。

　先日ゲイルの息子のバナードは、この世の者とは思えないほど美しい子供と一緒に出かけ、慮外者《りょがいもの》に襲われた。

　そろそろ息子が帰ってくる時間かなあ、などとのんきに店の片づけをしていた時、立派な身なりの騎士が果物屋を訪ねてきて事情を説明してくれたのだ。

　騎士曰く、美しい少年はこの国の次男王子でシリウス殿下というお名前なのだが、朝方城を抜け出し一人で遊びに出てしまったという。

　息子のバナードと一緒にいるところを、不埒な人攫《ひとさら》いに襲われ怪我をしたが、二人ともすでに治癒魔法により完治し、城内で怪我の詳細を確認されているとのことだった。

治療を終えたバナードを家まで送ってきてくれた黒衣の青年は、夢の中に出てくる人物のように恐ろしく、同時に美しかった。

その青年はバナードに、いつでも城へ遊びに来ていい、などと述べていたが、とてもそんな図々しい真似はさせられない。

息子に詳しく事情を聞けば、あの黒衣の人物は【竜人】だという話だったが、さすがにそれは何かの間違いだろうとゲイルは思っていた。

【竜人】などと、まさに伝説の中の生き物ではないか。

実在していることは知っていたが、目の前に姿を現すことなど決してない。

何よりあの青年は去り際にこの世で最も現実的な物を置いていった。

――金貨の詰まった革袋だ。

ゲイルの年収の数倍にあたる金貨が、袋の中にぎっしりと詰まっていたのだ。

あまりの金額に恐ろしくなって、返さなければとその日のうちに馬車を追いかけてみたものの、もちろん馬には追いつけず、その後も城を訪ねるなんてことは恐れ多くてできず、金貨は手付かずのまま床下へ隠してあった。

それらのこともバナードは気に入らないようだった。

せっかく黒竜公様がかあさんにくれたんだから、言われた通り治療に使えよと言って怒るのだ。

「……ま、そのうちなんとかなるだろ」

と、のんきに構えていたゲイルだったのだが、あれから一ヶ月がたった今日、なんだかこの空気は、なんとなくあの日に似ているのだった。


通りの向こうから駆けて来る人物を認めて、バナードはハッと顔を上げた。

輝く金の髪が視界に眩しく映る。

「シリウス！」

躊躇なくまっすぐに走って来た少年が、そのままバナードの胸の中へ飛び込んでくる。

「久しぶりバナード！　バナードってば全然うちに来てくれないんだもん」

「うちってお前……」

お城じゃん、とは言えず、バナードは久しぶりに見るシリウスの姿に心を奪われていた。

もしかしたらもう二度と会えないかもしれないと思っていたので、うっかりすると涙がこぼれそうになるほど嬉しかった。

相変わらずの長い金髪は、やはり切ってもらえていないらしい。

シリウスのすぐ後ろに控えている長身の二人は、バナードもよく知っている黒竜公。

そしてもう一人、初めて見る赤い髪の青年だった。

その赤い髪の人物はシリウスに抱きつかれているバナードを一瞬羨ましそうに見たが、気を取り直すように咳払いをした後、

「初めてお目にかかります。私はカイル・ディーン・モーガンと申す者です。先日は我が主君をお救いくださって感謝の言葉もありません」

そう言って丁寧に頭を下げた。

なんとなく不穏な空気を発しているようにも感じたが、隣の八百屋のおかみは、カイルを見て目を輝かせている。

このあたりじゃ永遠にお目にかかれないような、とんでもなくハンサムで立派な若者だったから、目が離せなくなるのもよく分かるのだが、あからさまに見つめすぎるのもどうかと思うバナードだった。

何せ、先ほどから彼は微妙に不機嫌に見える。

カイルと名乗った青年の隣には、バナードもよく知っている黒髪の美丈夫。

「壮健だったか？」

「は、はい」

それだけの会話だったたし、黒竜公はニコリともしなかったけれど、なんだかとても嬉しくなって、バナードは自分がこの黒衣の【竜人】に憧れているのだと改めて気づいた。

この人ほどには到底なれないとしても、いつか自分も、強く、男らしくなって、大事な人を守れるような人間になりたい。

いつの間にか周囲には遠巻きに人だかりが出来始めていたため、カイルはシリウスを腕の中へ守るように人々の視界から隠した。

不意に危険人物が近づいたとしても、主に指一本触れさせないと、その行動は示している。

バナードも、この前のように悪者がシリウスを襲ったりする事態だけは絶対に避けたかったので、

「シリウス、ここだと目立つから、うちに来いよ」

と、提案してみた。

「目立つ？　やっぱり髪を切っていないからかなあ」

「いや……」

今回は前以上に目立っている。

この国で、最も注目を集めやすい人間の上位三人が、そのまま集まっているのではないかと思える構成だ。

「ぼくもバナードの家へ行ってみたいけど、その前に、うちで働いている人たちに、果物をお土産に買って帰る約束をしたんだ。だからなるべく沢山果物が欲しい」

「なるべく沢山って？」

これにはアルファが答えた。

「もし可能なら、店にある果物を残らずいただきたい。明日の営業に関わるというのであれば、今日中でなくとも、同量の商品を仕入れた後でもかまわぬ」

「は？」

ゲイルとバナードが同時に素っ頓狂な声を出し、店の商品を振り返った。

屋外で営業している小規模な店とはいえ、それなりの種類と量があるのを自慢にしている店だ。

シリウスはニコニコと笑顔のまま、うち、いっぱい人が住んでいるんだ、と、幸せそうにしている。

とりあえず、ゲイルはその日の営業を終了することにした。

幸いにも明日は仕入れの日だったから、商品をカラにしても今日臨時休業になるだけだ。

遠巻きにではあるが人が集まっていることもあり、ゲイルもバナードの提案を推して、三人を自宅へ招待することになった。


店に出ていた夫と息子が、予定よりもずっと早く帰宅してきたので、家事をしながら留守番をしていたアティは驚いた。

なんだか困惑しきっている様子の夫と、嬉しそうな息子、その後ろに立つ三人の人物を見て「まあ」と声を出してしまった。

先日息子を送ってきてくれた、黒髪のアルファと名乗った人物を含め、あらゆる意味で、この前までだったら絶対に自分の人生に関わり合わなかったような人物たちに見える。

「あ、あの、狭いうちなんですけれど、どうぞおくつろぎください」

それでもアティは気を取り直すと、杖をつきながら客人たちを居間へと案内し、茶の用意を始める。

バナードは足の不自由な母を手伝った。

シリウスにとっては初めて入った城以外の家。

リビングは確かに広くはなかったが、カーテン越しに日の光が届く室内は清潔で整っており、そのため狭さはほとんど感じない。

家族が座る木製のテーブルと椅子。

テーブルの中央には緑色の花瓶に飾られたかわいらしい幾輪かの素朴な草花。

食器の棚には春色のお皿や、素朴な手作りの布人形が飾られていた。

バナードの家は、城下に住む人々の平均的な一般家庭そのものだ。

シリウスは興味津々の様子で室内を見渡している。

来客用の椅子を勧められて、木製の質素なその椅子へ、シリウスは嬉しそうに座る。

「バナードの家はすごく気持ちいいね。空気が明るくて、母上の部屋にいる時みたいに安心出来る」

お世辞ではなく、心からそう言っている様子だったので、ゲイルも、台所で聞いていたアティとバナードも、素直に嬉しかった。

カイルとアルファも椅子を勧められたが、二人は最初着席をやんわりと断った。

しかし「二人が座ってないと落ち着けないよ」というシリウスの言葉を受けて慌てて座る。

比類なき力を持っている二人の青年を、ごく自然に操っている様子のシリウスに、バナードは感心してしまった。

自分だったら一言話しかける度に緊張してしまう。

そんなことを考えながらバナードは母が用意した茶を全員に配った。

母が自分で茶葉をブレンドした自慢のお茶だ。

お茶菓子はこれも母が手作りしたクッキーだった。

アティは「お口に合うかは分からないのですが」と、緊張の面持ちだ。

だがゲイル一家の心配は全くの杞憂だった。

最初にお茶とクッキーを口にしたシリウスも、主人に続いて優雅な仕草で茶を飲んだ青年たちも、出された品の見事さに感嘆していた。

シリウスはバナードに、こんなにおいしいお茶とクッキーを毎日食べられるなんて、すごく羨ましいと本気で訴えた。

主人の頬についたクッキーの欠片をアルファがそっと摘んでやり、この上なく優しい微笑を浮かべるのを目にしたゲイルとバナードは、チラリと視線を交わし合う。

黒竜公本人はおそらく何も考えていないごく自然な行為なのだろうが、シリウスの前の彼はまるで別人のように柔和な雰囲気をかもしだしているのだ。

「そうだ、バナードのお母様がうちにきて、ぼくにこのクッキーの作り方を教えてくれたらいつでも食べられるよ」

「！」

ゲイル一家だけでなく、アルファとカイルも目をむいた。

二人の護衛が、いけません、とか、おやめください、とか言っているのを無視して、シリウスはもう一つクッキーを摘むと笑顔になって、信頼する護衛の二人を振り返った。

「ぼくがクッキーを焼いたら二人とも食べてくれる？」

「私にもいただけるのですか？　シリウス様が手ずからお作りになった菓子を！」

カイルはさっきまでシリウスを止めていたくせに、急に身を乗り出して目を輝かせると、

「もちろん、いただきます」

重要な宣言でもするかのように重々しく、引き締まった表情でキッパリと言って、背筋を伸ばすと椅子へ座りなおした。

アルファのほうも一瞬嬉しそうな顔をしたが、バナードの一家が注目していることに気づくと、気を取り直したように咳払いをしてから、

「……しかし我が君、バナードのご母堂は足がお悪いのですよ、ご無理を申し上げては……」

そう言って自分の感情をごまかすように茶を飲んだ。

「うん……」

シリウスはアルファの言葉に頷くと、椅子から下りてアティの前へ立つ。

アティは、この日初めてまじまじと、金髪の少年を間近で見た。

近くで見れば、その肌のきめの細かさや、金髪の複雑な色合い、宝石のような紫の瞳の、どれもが素晴らしく秀麗なことに改めて驚かされる。

その絵画のように美しい少年が、アティの座っている椅子の前へ立ち、不意に膝をついたのだ。

「い、いけません！」

慌てたアティだったが、シリウスは微笑み、手の平を向けてそのまま座っているようにと示した。

カイルもアルファも、自分の主人が一般人の前に膝をついたのを見て動揺し立ち上がったが、シリウスの周囲にあたたかなエネルギーが集まり始めているのを察して顔を見合わせる。

割れた窓を直したあの日、カイルが感じた力。

アルファの言う通り、それは通常カイルたちが使用している魔力とは異質のもののようだった。

だがそれは決して不快なものではなく、シリウス独特の、穏やかで優しい光に満ちた力だ。

「バナードの母上様、失礼ですが、ぼくが足に触っても大丈夫ですか？」

思わぬ懇願だったけれど、紫の瞳にじっと見つめられ、断れる人物があろうはずもなく、

「は、はい」

アティが上ずった返事をすると、シリウスはそっと、だが躊躇いなく彼女の右足へ触れた。

アティの右足首は、普通の人より若干細いだけで、外見から異常を見つけることは困難だ。

シリウスは足を撫でたり揉んだりするのではなく、目を閉じ、ただ手の平を当てているだけ。

しばらくそうしていたが、やがて目を閉じたままきっぱりと言った。

「……生まれつき骨が曲がって萎縮しているんだね」

これにはアルファもカイルも驚いた。

アルファは、アティの足が生来の病で骨が曲がってしまっていることを、カイルには事前に伝えていたので、二人とも病の詳細を知っていたが、まだ幼いシリウスには理解が難しかろうと話していな

かったからだ。

「よくお分かりになりましたね」

カイルが感嘆の声を出し、アルファは黙したまま、さすがは我が君だと頷いている。

「もしも、痛かったら言ってください」

「えっ？」

聞き返す言葉も終わらないうちに、室内に柔らかい金色の光が満ちた。

手の平が触れているアティの足首に、さらには全身に、小さな火花のようにキラキラと光の糸が絡み消えていく。

けれどそれはごく短い時間で、シリウスはすぐにアティの足から手を離し、ほう、と息をついた。

「痛くなかったですか？」

「え、ええ」

光に包まれて不思議な心地よさがあったけれど、それも一瞬だったし、少年が足へ触れている感触以外、特に何も感じなかったので、拍子抜けという体でアティは頷いた。

「我が君、何をなさったのですか？」

確かに一瞬だが強大な力を感じたアルファは主人に聞いた。

「骨を正常な形に戻せないかと思って……」

それを聞いたアルファは主人の隣へ膝をつき、金の髪をそっと手にとって口付けた。

「……我が君、お気持ちは尊いものですが、アティ殿の足の病は生来のもので、残念ながら治癒魔法では快癒できない種類のものなのです。生来の形がすでに歪んでいるため元の姿に戻しても治癒しないのですよ」

主人をがっかりさせないよう、穏やかな表情でそう伝えたのだが、シリウスはきょとんとして信頼出来る友人であるアルファを見上げた。

「でも、治ったと思うよ」

室内の全員が目を見開き、続いてアティの足を見る。

見た目は先ほどとほとんど変わらないが、よくよく見れば、気のせいかと感じるほどに、わずかに足首が太くなった気もする。

だがそれでも十分細い普通の足のままだ。

シリウスは立ち上がると、アティの手を恭しく取った。

眩しい笑みを浮かべて勇気付けるように促す。

「さあ、立ってみて！」

アティは困惑していた。

この美しい少年に触れられる前と後とで、特になにも変化が感じられなかったからだ。

がっかりさせたくはなかったけれど、きっと何も変わっていない。

しかしせめて、挑戦だけはしてあげなければと、握ってくれた少年の手に助けられるようにして立ち上がってみる。

「……」

「かあさん……」

「アティ……」

アティはまるで毎日そうしていたかのように、自然に、まっすぐな姿勢でそこに立っていた。


昨日の出来事を、バナードは夢だったのではないだろうかと何度も疑った。

シリウスと二人の【竜人】が訪ねてきて、店の果物を全部買ったと思ったら、うちまで遊びに来たシリウスが、何十年も治らなかった母の足をあっさり治してしまったのだ。

ゲイルは喜びと興奮のあまり、言葉にならないおかしな声で叫びながら立ち上がり、その勢いでテーブルを倒してしまったが、【竜人】二人はすばやくティーカップと茶菓子の皿を取り上げて、大事な主人に茶がかぶるのを防いだ。

その上バナードとゲイルがアティに抱きついて大騒ぎをしている間に、三人はいつの間にかそっと家を出ていなくなっていたのだ。

――だから余計に夢だったように思える。

でも今日になってシリウスから、バナードとアティを城へ招いてクッキーの作り方を教えてほしいと、改めて正式な招待状が届いたので、やはり夢ではなかったのだろう。

父のゲイルも昨晩は一晩中喜びまくって、へたくそな歌を歌ったり、妻とよく知りもしないダンスを踊ったりして興奮していたせいか、今日は朝からぼーっとしている。

その父が、

「そういや、金貨を返し損ねたなあ……。お前、城へ行くなら持っていって返してこい」

と、ぼんやりしたまま言うのだ。

バナードも素直に頷いた。

母の治療に役立てろと、黒竜公に貰った金貨だ。

母がすっかり完治した今は必要ない。

「分かった。返してくる。お礼もちゃんと言わなくちゃ」

「そうね、私もお礼を言っていないもの」

アティはこの日、初めて店を手伝いに出てきていた。

歩いても走っても、ダンスを踊っても、何をしても何の問題もなく、足は動く。

こんな素晴らしい贈り物を貰ったのに、まだお礼も言っていないのだから。


アルファはバナードの家から戻った夜、己の主君がおこなった、アティへの治療行為を詳細に日記へ書き込んでいだ。

アティの病は生来のものであったから、通常であればいかなる治癒魔法も効果がない。

けれどアルファの主君は一度軽く触れただけで病の原因を察し、迷うことなくあっさりと治してしまった。

骨を正常に戻しただけ、と本人は言っていたけれど、アルファが見る限りシリウスは骨を治しただけではなく、筋肉や太い血管など、歩行のために必要な機能を全て修復したように思えた。

人間の体はとても複雑で、例えば長年足の骨折を放置していれば、後で魔法を使って骨だけ治したところで、簡単には骨折前と同じに歩けるようにはは戻らない。失われた筋力を取り戻すために長いリハビリが必要なのだ。

それなのに、バナードの母アティは、シリウスの治療の後、すぐに立ち上がって不自由なく歩くことが出来るまでに完全に回復していた。

魔法が発動している時、金色の輝きはアティの足首だけではなく、全身を包み込んでいた。

あの時シリウスはおそらく、片足を治癒しただけではなく、歩くために必要な筋力や血流などのさまざまな機能や、それまで松葉杖で歩いていたせいで偏った全身のバランスを調整したのだ。

シリウスという少年本人は〝卵〟の中で言葉を学んでいたこと以外、産まれてからは普通の子供と同じように勉強して日々学び、少しずつ知識を増やしているところだったから、人間の詳細な骨組みや筋肉の仕組みなどは当然分かっていないだろう。

アルファの大事な主君は、おそらく知識ではなく本能的に、人間の構造を理解しているのだ。

日記を閉じて、大きく息をつく。

「なるほど、創造主のごとく、か……」

以前シリウスがガラスの玉を修復してくれた時のことを思い出す。

あの時に感じた畏怖が、再び全身を駆け巡る。

シリウスの金の翼が、抜いてしまうと黄金に変じてしまう理由も、アルファはおそらく正解だろうという仮説を自分で立てていた。

現世には存在しえない力で顕現させた翼は、力の根源である少年と繋がっていれば、本来の姿で存在することが出来るのだろうが、繋がりを断たれてしまえば、たちまち現世の物質の中で最も近いものへと変換されてしまう。

今は道具がないので計測していないが、不変の金属、おそらく完璧に混じりけのない純粋な黄金だ。

白竜公は自分たち【竜人】の主君が何者であるのかを、今無理に知らずとも、いずれ自然に気づくことになるからと教えてはくれなかったけれど、アルファは徐々に確信し始めていた。

皆でバナードの家へ押しかけた数日後、シリウスと兄のルークは、護衛の【竜人】二人と友人のロン、さらには数人の近衛騎士たちという大所帯で、建造途中の見張り塔がある東西広場へ向かっていた。

シリウスが立て直した塔の噂はもちろん城内にも伝わっていたが、最初シリウスは自分が直したとは言わず、この件に関して黙ったままだった。

勝手に城を抜け出して、自分のものではない塔を許可なく直してしまったことが、なんとなく後ろめたかったからなのだが、噂の内容が詳細に伝わってくるにつれ観念したらしい。

もちろん、アルファとカイルは、シリウスが自分から何も言わなくとも、塔を直したのが自分たちの主君以外にありえないことは十分承知していたので、あえて聞くことはしなかった。

シリウスは兄のルークに、おずおずと告白したのだ。

「あのね、兄上、広場の見張りの塔、本当はぼくが勝手に直しちゃったんだ。でもてっぺんの形が分からなくて途中だから、もしぼくが最後までやっていいなら、上のほう、どうすれば出来上がりなのか教えてくれる？」

と、切ない瞳を向け、兄を仰天させた。

ルークのところにも突然出現した塔の話はもちろん伝わっていた。

塔を直したのが、金髪の天使のように愛らしい少年だったという話も聞いていたけれど、シリウスはその場にいただけで、実際には関わっていないと思っていた。

かわいい弟はルークにとって特別だったけれど、そんなにすごい力を持っているとは思っていなかった。

かくしてルークは事の次第を親友ロンに相談し、それはどういうことなのか、ぜひ自分も同行して確認したいというロンも一緒に現場へ向かうことになったのだった。

そうなると、もちろん断りようもなく【竜人】の二人は当然のように付いてくるし、王太子であるルークの護衛も付いてきて、結局は大所帯になってしまった。


百メートルほどの間隔をあけて建つ、二つの建設途中の塔が見えてきて、一行は足を止めた。

二つの塔は遠目から見る限り、双子のようにほぼ同じ状態だ。

あとわずかで完成と思われる箇所までレンガが積みあがっている。

唯一の違いは、片側の塔には足場が存在しないという点。

魔法で立てたのだから足場は必要ない。

なかなかに目立つシリウスたち一行が到着すると、建設作業員と思われる男性がすかさず駆け寄ってきて、その場へ膝をついた。

日に焼けた健康そうな肌の逞しい青年だ。

「王太子殿下、ならびにシリウス殿下、わざわざのお越し、恐縮です。この現場の責任者のヴィルドと申します」

彼は現場監督の兵士であったが、軍服ではなく屋外作業用のつなぎを着ていたので、一見すると軍人には見えなかった。

しかし腕章を見ればヴィルドの階級が少佐であると分かる。

シリウスはその少佐に見覚えがあった。

「あ、あの時のお兄さん？」

ヴィルドのほうでもシリウスに覚えがあったので破顔する。

「先日は失礼ながら塔の上からお声をかけさせていただきました。殿下は去っておしまいになられましたが、やはり塔をお直しくださったのは殿下であられたのですね」

「あの日は逃げたりしてごめんなさい。塔も途中までしか直せなかったし」

シリウスが、件の塔を見上げると、全員が釣られてその塔を見上げた。

近くで見ても、赤茶けたレンガが規則正しく組みあがった、ごくありふれた普通の塔だ。

とても魔法によって突如出現した怪しい建物には見えない。

ルークはヴィルドを立たせると、大事な弟の肩へ自分の手を乗せた。

「ヴィルド、今日は私の弟に、塔の設計図を見せてやってくれないか。できれば君たちが造った塔の内部も見学させてやってほしい」

「よろこんで」

ヴィルドは日に焼けた顔を笑顔でいっぱいにし、恭しく頭を下げた。

一行はヴィルドたちが二年の歳月をかけて修復した塔の内部を、入り口から順番に案内してもらった。

質素だが堅実な造りで、狂いなく積み上げられたレンガが美しい。

ウェスタリアの建造技術の高さを窺わせるものだったし、塔を建てた兵士たちの誠実さもよく表れている。

一階部分はすでに兵士たちが寝泊りしているせいで生活感があったが、床も壁も清潔が保たれており、彼らが自分たちで建てた塔をとても大事に扱っていることが察せられた。

しかしそれを見たシリウスが、なんとなく微妙な顔をしたのをカイルは見逃さなかった。

「どうかなさいましたか？」

「う、うん」

シリウスが上目遣いにヴィルドを見やる。

「ハハハ、シリウス殿下、お気になさることはございませんよ！　我々はあちらの塔もとても気に入っているのですから」

「でも、ごめん……」

ヴィルドは美しい少年が少し申し訳なさそうな表情をした理由を知っていた。

だが他の全員は意味が分からず互いの顔を見合わせた。

ヴィルドは自分たちが建造した塔を出ると、今度は全員を案内してシリウスが魔法で建てた塔の扉を開ける。

内部に入った面々は、シリウスが申し訳なさそうな表情をした理由をたちまち理解した。

シリウスが造った塔の内部の装飾が、彼が日々生活しているセントディオール城にほどこされた装飾に、そっくりだったからだ。

床は乳白色の大理石でできており、壁面には肖像画が並んでいる。

螺旋状の階段も素材こそレンガだが、金糸で飾られた赤い絨毯が中央に敷かれ、扉付近に置かれた黒大理石で出来た台の上には、季節の花が贅沢に飾られている。

ルークは中身だけ自分の生まれ育った城そっくりの塔が面白くて笑いそうになったのだが、弟が落ち込んでいるようだったのでなんとか無表情を保った。

その落ち込んでいる本人であるシリウスは、珍しく慌てた様子で言い訳をしている。

「だ、だって、塔ってお城みたいだから、中もおんなじ風なのかなって……」

「二階にある部屋の中も、そりゃあ素晴らしいんですよ。このまま王族の方々の別荘にしていただいてもいいぐらい」

ヴィルドは実に楽しそうだ。

どこかのんきなウェスタリア兄弟とは違い、ロンは見知った城とそっくりの塔に内心驚愕していた。

これでは本当に、シリウスは自分の記憶のまま、塔を一から造り直したということになる。

塔が一日で出現した話は聞いていたし、シリウスがやったことらしいのも知っていたけれど、聞くのと実際に目にするのとでは違う。

「ありえない……」

呟いてその場によろめいた。

ロンの呟きを耳ざとく聞いたアルファがチラリとロンを見やった。

「確かに我々には及びもつかぬお力だが、我が君にとってはどうということのない当たり前の魔法なのだ。ありえない、などと無礼だぞ」

そう言って、シリウスの前へ膝をつくと目線を合わせた。

「我が君、設計図を見れば、塔を一番上まで完成させられますか？」

そう聞かれてシリウスは少し首をかしげる。

「本物を見たほうが分かりやすいんだけど、たぶん」

ヴィルドは用意してきた設計図を、全員に見えるよう壁面へ貼り付けた。

「ここが挟間、矢穴はガラスを入れない窓を使用しております。高さは……」

丁寧に一つ一つ説明してもらい、シリウスはヴィルドを見上げた。

「あのねヴィルド、塔の中も、ヴィルドたちが造った塔みたいにしたほうがいいよね？」

「私はこのままでも大いに満足なんですが、兵士たちの士気に関わりますゆえ、残念ですが質素なほうが良いようです。じゃないと皆ここに住み着いて、誰も自分の家へ帰らなくなってしまいますよ」

残念そうに、だが心底面白そうに笑った。


塔を出た一行は、シリウスに言われるまま、塔から少し離れた位置へ立った。

「じゃ、やってみるね」

少年の言葉は気軽だったが、皆が見る限りシリウスはかなり集中していて、金色の長い睫毛が細かく震えていた。

何かの呪文を詠唱することも、陣を描くこともない。

ただ静かに佇み、少しばかり青ざめて見えた。

その足元から、細く輝く蜘蛛の糸のような光がキラキラと溢れ始める。

ルークは愛しい弟が、金色の光に包まれながら目を閉じている様子を、誇らしい気持ちで見つめていた。

〝卵〟から出てきた時、シリウスを、ただただかわいらしく美しい弟だと思っていたのに、かわいいだけじゃなくて、こんなすごいことが出来るなんて。

しかも素直で優しくて、世界中探したってこんなに素晴らしい弟はいないだろう。

身内の贔屓目もあるかもしれないけれど、そんなものはごく些細な誤差にすぎないとルークは思っていた。

集中している健気な姿が愛しくて、抱きしめてあげたかったが、じっと我慢する。

ふと横を見ると、赤毛の美青年、カイルが彼の主人に心配そうな眼差しを向けていた。

過保護すぎると呆れつつもう一人の【竜人】を見ると、こちらも同じような表情だったので、ますます呆れる。

特に黒竜公は、普段やたら威厳たっぷりに悠然と構えているくせに。

ロンが無言のまま塔を指差した。

金の光が絹糸のように塔を覆い、きらめきながら弾け、次々と消えていく。

塔の未完成部分へ達すると、金の光はそのものが挟間の形を形成し、徐々にレンガの色へと変化した。

時間にすればほんの数秒の出来事だ。

すでに塔もシリウスも通常通りの様子に戻り、金の光も霧消していた。

「ヴィルド、あれであってる？」

ふう、と息をついてから、シリウスは目を開ける。

「ええ、素晴らしいです。本当にありがとうございます、シリウス殿下」

感心したようにしみじみと頷くと、ヴィルドは躊躇うことなくその場へ膝をついた。

「塔の建設は危険も多く、年月も費用もかかり、さりとて壊されてしまった塔を放置するわけにもいかず、頭痛の種だったのです。これで建設に駆り出されていた兵士たちも本来の任務に戻れます」

「……あとね、中身も戻しておいたよ」

少し照れくさそうにシリウスが言うと、ヴィルドは再び豪快に笑った。

ロンは、もう一つの建設途中の塔もシリウス殿下に頼んで完成させてもらったらと提案したのだが、これはシリウス本人が首を振った。

「せっかくみんなでがんばってあそこまで造ったのに、最後の部分だけをぼくが造っちゃったら悪いよ」

シリウスの言葉に最も感銘を受けたのは黒衣の【竜人】、アルファだった。

「我が君はまこと賢人の素質がおありになる。人には時間や労苦に見合った達成感が必要だ。思いやり深くお優しいお言葉ではないか」

しみじみと頷いたのだった。

ロンとしては、さらに数ヶ月はかかりそうな塔の建設を瞬時に行えるのであれば、今すぐ直してしまったほうが、経済的にも労力的にも断然いいのにと不満であった。

作業員は全員兵士で別に給金が減ったりはしない。

仕事がなくなっても本来の任務に戻るだけで困らないのだから、達成感のためだけに数ヶ月をついやすのはなんとも無駄に思えたのだ。

だが現場監督のヴィルド自身も、アルファの意見に心から同意して頷いていたので何も言えなかった。

ヴィルドはシリウスの手を握り、目に涙を浮かべている。

「ありがとうございます殿下。実は作業員一同、内心それを一番危惧しておりました。我々の手で、塔を完成させたかったのです」

「うん。みんなにがんばってって、伝えてね。出来上がったら遊びに来るから」

ロンは親友であるルークまで、なんだか涙目になっている様子に苦笑した。

【竜人】たちもそうだが、皆シリウスに甘い。

そういう自分も、この素直な少年が大好きだったが、【竜人】二人とルークが極端に過保護なので、時々噴き出しそうになる。

三人ともロンよりずっと身分の高い人物だったので迂闊《うかつ》に笑ったりはできなかったが、費用がどうのとみみっちいことを考えている自分がバカらしくなるほど、すがすがしいまでに甘いのだ。

ほのぼのとした空気に呑まれ、たちまちロンも愉快になってきた。

塔一つ分の建造費がまるまる浮いたのだから、もともと計上されている数ヶ月分の費用など、もったいぶる必要はない。

それにこれから先のこともある。

シリウスに助力を請えば、ウェスタリアはこれまで以上に繁栄の一途をたどることが出来るだろう。


シリウスとその一行が無事に塔を完成させ、喜びと安堵に沸いていた頃、東西広場の塔を見下ろせる丘の上に、二人の青年が立っていた。

一人は無造作に伸ばした蒼髪を風になぶらせながら無表情のまま塔を見つめ、もう一人は燻した赤銅のような色の癖毛を片手でかきあげ愉快そうに笑った。

赤銅色の髪の男は、深い緑の瞳を細めると、腕を組み、塔を見下ろす。

「もうかなり能力を使いこなしつつあるね。まだまだ本調子じゃないはずなのに」

「あの程度、あの方の本来のお力を思えばどうということはない」

蒼髪の青年、フォウルは、感情を押し殺すように平坦な声音で答えた。

緑眼の男はフォウルを横目で見やったが何も言わなかった。

代わりに懐から黒い紙片を取り出す。

紙片は手の平ほどの大きさで、コウモリを簡略化したように奇妙な形に切り抜かれていた。

「楽しげなあいつらをただ見ているのも、そろそろつまらなくなってきた。黒竜と赤竜はもう少し苦労するべきだと思うんだけどどう思う？」

「光の君に手を出さないという契約を守れるのなら好きにすればいい。それにどうせお前には黒竜も赤竜も殺せない。まだまだ本調子じゃないのはお前だって同じだろう」

吐き捨てるようにそう言うと、フォウルは身を翻して丘を下りる。

残された緑眼の男は薄い唇を耳の端まで上げて不気味な笑みを浮かべると、黒紫の霧に変じて、文字通り、音もなく霧消した。

8話　炎に沈む

その日、バナードは学校の後、いつものように父の店を手伝っていた。

最近は足の治った母も店へ出てくれるようになったから、店番も前よりずっと楽しい。

夜のデザートにと果物を買いに来る客たちを手際よく捌《さば》いていた時、商店街を歩く主婦たちの会話が耳に入り、バナードは手を止めた。

「この前の突然現れた塔、今日ついにてっぺんまで出来上がっていたんですって」

「それがやっぱり、この前と同じで金髪の子が魔法で建てたって話よ」

「魔法で？　そんな魔法聞いたことないけれど……」

「王太子のルーク殿下もその場にいらっしゃったとか」

主婦たちの噂話は曖昧ながらもかなり正確で、なかなか侮れないものがあった。

話を聞いていたバナードがすかさず父と母の顔を見ると、二人は息子の気持ちを察して笑った。

「見てきたいんだろ、でも遅くなるなよ。あと裏道はやめとけ」

「分かってるよ！」

エプロンを脱ぎ捨て、バナードは広場へ向かって走り出した。

息を切らせて夕焼けの現場へ到着すると、東西広場にはかなりの人だかりができていて、皆完成したばかりの塔を見上げ、さっき商店街で聞いたのと同じ内容の噂話をしながら自由に楽しんでいる様子だ。

人が集まっているのに便乗して、多数の屋台まで出現し、小さな祭りのような様相を呈している。

「本当に出来上がってら……」

シリウスは、塔のてっぺんを実際に見ないと最後まで造れない、と言っていたから、誰かに形を教わったのだろう。

「オレも誘ってくれたら良かったのに」

そうは言ってみたが、兄王子であるルーク殿下もいたという話だから、そんな要人ばかりがいる場所へ自分がいるというのはとても想像しにくかった。

「黒竜公様も来てたのかなあ……」

黒竜公と赤竜公はいつもシリウスに付きっきりだと、あの野心家の女性医師が語っていたから、きっと一緒にいただろう。

シリウスのことは友達のように思っていたけれど、黒竜公はバナードにとって憧れであり、目標でもあったので、畏れる気持ちと同じぐらいに大好きだった。

「かっこいいよなー黒竜公様」

ぶらぶらと広場を歩きながら塔を見学していると、同じく塔を見に来たらしい同級生の一団と出会った。

どうやら彼らもバラバラに広場へやってきて、偶然ここで出会ったらしい。

「ようバナード」

気軽に手を上げて挨拶してきた友人たちに、バナードも手を上げて駆け寄る。

「お前らも見学？」

「ああ。でも出来上がっている塔を見たってやっぱりつまんないな。一瞬で建ったっていうんなら、その一瞬を見学しなきゃ意味ないぜ。出来上がっちゃったらフツーの塔とおんなじだ」

なかなか鋭いことを言って笑う同級生に、バナードも同意しながら笑った。

「あとほら、こんなのも貰ったんだぜ」

友人がバナードに差し出したのは「号外」と書かれた一枚のチラシ。

その紙には「塔を建てたのは誰だ!?」と大きく見出しがされていて、王太子ルークの肖像画と、塔を建てたと噂されている少年の予想図が描かれている。

そのイラストの少年が、そこそこシリウスに似ていたので、バナードは笑ってしまった。

ただ、本物のシリウスよりも子供っぽく、随分とかわいらしい印象の絵だ。

バナードもこのチラシが欲しかったが、もう品切れしてしまったのか、さっきまでいたという号外を配っている人物はいなくなっていた。

　バナードの視線を察して、友人は気前良く言った。

「欲しいならお前にやるよ、俺はもう一枚貰ったからさ」

「まじで？　サンキュー！」

　礼を言って、バナードはチラシを大事にしまった。

　機会があったらシリウスに見せてやろうと思ったのだ。


　そんな風に子供から大人まで塔の見学に来ていたわけだけれど、混雑している人々の一角の中で、妙に空いている箇所があることにバナードは気づいた。

　人々がごった返す中、不自然に空いた空間の真ん中に、遠巻きにする人々を全く気にせず立っている黒髪の人物を見つけて、バナードは思わず声を上げてしまった。

「あっ黒竜公様がいる！」

　バナードが叫ぶと同級生たちがギョッとした。

「黒竜公？」

「【竜人】がここにいるわけないだろ！」

　ぎゃはは、と笑った子供たちだったが、バナードが凝視している黒い髪の人物を見て皆一斉に黙ってしまった。

　どんな子供にだってすぐに分かる。

その人物が尋常な人ではないことが。

黒衣の青年は、周囲を威嚇しているわけでも、何か騒ぎを起こしているわけでもなく、ただ静かに立っているだけなのだが誰も近寄れない。

混雑する中でも人々を近寄らせない威容は非常に迷惑であったが、文句を言える勇者はもちろん現れなかった。

空気を読まないお調子者の子供も、やたらと威勢のいい近所のごろつきも、他の人々と同じように遠巻きにチラチラ視線をやるのが精一杯。

その尋常ではない人物が、バナードの声を聞いて子供たちのいるほうを振り向いた。

「げっ！」

同級生たちが怯えて後じさる中、バナードは喜色を浮かべて手を振り駆け寄る。

「黒竜公様！」

「バナードか。そなたも塔を確認にきたのか？」

落ち着いたバリトンの美声を聞いて、バナードは嬉しくなった。

「はい！　黒竜公様は塔を直す時シリウスと一緒に来なかったんですか？」

昼に来ていたのなら今ここにいる理由はないと思ったのだが、アルファは頷いて塔を見上げた。

「もちろんご一緒させていただいた。――確認したいことがあって改めて一人で参ったのだが、人が多すぎてな」

「確認したいこと？」

「瑣末《さまつ》なことだ。気にするな」

実のところアルファは、シリウスが最初に塔を直した際、出来上がった塔の内装に、どう見てもその場にあった素材以外の材料が使われていたことが気になっていた。

大理石の床も、ビロードの絨毯も、付近に素材となりそうな物質はない。

アルファは腕を組み思案した。

主人の力は、その場にある材料を組み合わせ作り直し、元通りに復元、あるいは再構築出来る能力なのだと思っていたが、どうやらそんな単純な力ではなかったようだ。

「素晴らしい……」

呟いて目を閉じる。

「素晴らしい？　あの塔が？」

すぐ隣に少年バナードがいることを失念していたアルファは苦笑した。

「ああ。我が君の為した技に感動していたのだ。……俺が生涯をかけ全身全霊でお守りして差し上げなければな」

黒竜公が全身全霊を尽くしたら、それはそれで大変なことになりそうだと思ったバナードだったが、殊勝《しゅしょう》にも黙っていた。

代わりに前から言わなければと思っていたことを、勇気を出して口にしてみる。

「あの、黒竜公様、オレが貰ったお金なんですけど、かあさんの足も治してもらえたし、家族で相談して返そうって決めたんです」

「何故だ」

本気で不思議そうに聞かれてバナードも困惑してしまった。

「何故って、あの、だって、もう使わないし」

「足が治ったのなら何にでも好きに使えばいい」

「……」

そう言われると、強硬に使い道がないとは言いにくいのだった。

「で、でも、多すぎるんです」

「しまっておけ。あって困るものじゃないだろう」

「それはそうなんですけど……」

アルファは別に怒っていなかったし不機嫌でもなかったけれど、強く反対意見を主張出来る相手ではなかった。

（お金のことは後でシリウスに相談してみよう）

ここまで粘っただけでもバナードはかなりの偉業を為し遂げたといえる。


「そ、そうだ、黒竜公様、これ、見ました？」

話題を変えようと、バナードは先ほど友人から貰ったチラシを差し出した。

「さっきまで号外を配っていたんですって」

いぶかしみながら紙を受け取ったアルファが、チラシに描かれたシリウスの予想図を見て眉を上げた。

「こ、これは……!?」

めずらしく表情のある黒竜公を見てバナードは嬉しくなった。

「ちょっとだけ似ていますよね」

「う、うむ」

アルファは、チラシに描かれたシリウスの姿を指でなぞった。

「ふふ、確かに少しだけ、似ている」

威厳に満ちた青年が愛しげに目を細めている様子は、見ているバナードもほんわかと和んでしまうものがあった。

「良かったらそのチラシ差し上げますよ」

「!」

勢い良く振り返った黒竜公にバナードは頷いた。

「どうせシリウスにあげるつもりだったんです」

「……そうか、すまんな。そなたにはまた恩が出来た」

「チ、チラシ一枚で大げさですね……」

「いや、よいものをいただいた。ありがとう」

アルファは丁寧に礼を言うと、チラシを大事に懐へしまった。

バナードは、あまり人には見せない黒竜公の優しげな一面が大好きだった。

自分だってまだこの人のことを詳しく知っているわけではなかったけれど、初めて出会った時に、単なる果物屋の息子にすぎない自分に対し、正式な形で膝をついて礼を言ってくれたことは、生涯忘れないだろうと思っていた。

黒竜公が、雰囲気よりもずっとずっと優しい人なのだということを、皆が知らないのに自分は知っているということも、なんだかとても誇らしくて嬉しかった。


そんな風に考えながら、憧れの青年を改めて見上げると、黒竜公は空を睨みながら眉間に深い溝を刻んでいた。

どうしたのかと聞こうとしたが、さっきまでとは明らかに様子の違う黒竜公は、彼を知っているバナードでも気軽に声をかけられる様子ではなかった。

アルファは空を見上げたまま低く唸る。

「……バナード、今すぐにここを離れろ」

「えっ？」

問い返しながらバナードも空を見上げた。

特に何の変哲もない夕暮れ間近の赤い空に見える。

ただ、オレンジ色の雲の隙間に、細く鋭く、青白い三日月が輝いていた。

その三日月の近くから、何か黒い紙のようなものが舞い降りてくる。

バナードは首をかしげた。

まだ遥か上空にある黒い紙片。

わずかな風に翻弄されながら、ゆらゆらと、じれったいほどゆっくりと地上へ近づいてくるが、別におかしなところはないように見える。

バナードが再び見つめた先の黒竜公は、漆黒の瞳で空を睨みつけ微動だにしない。

警戒心に満ちたその視線は、己ではなく、己が守るものへの危害を危惧するものだ。

バナードには黒竜公の黒鋼色の髪が、不吉な風を受けて波立ち、黒い真珠のように輝いたように見えた。

アルファは舞い降りてくる紙片から視線を外さないまま、今度はさっきよりも切迫した声でもう一度きっぱりと言った。

「バナード、友人たちを連れて広場を離れろ。なるべく遠くにだ。――ここは戦場になるぞ」

そう警告して丘の上を指差した。


夕暮れが近いオレンジ色の空の下、人々が上空を見上げ、一人、二人と指をさす。

紅に染まる雲の影から、コウモリのような形に切り抜かれた黒い紙が、ヒラリヒラリと舞い降りてきていた。

時間をかけ、不自然なほどにゆっくりと。

「来るぞ……！」

アルファはバナードをかばうように低く構え、空を睨んだ。

初め小さな黒い紙片のように見えたものは、地上へ近づくにつれ徐々にその形を濃くしていく。


「何だあれ……」

不穏な空気は広場へ集まっていた人々にも伝わり始めていた。

不気味な黒い紙片は数を増し、空を見上げれば視界にコウモリのような影がいくつも映る。

「なんだか怖い……」

広場に塔を見物に来ていた若い女性が恋人へ身を寄せた。

まだ遠く空の上にある無数の得体の知れない黒い物体が、まるで死の象徴のように不吉に見えた。

皆凍りついたように動けない。

バナードも、アルファにしがみつきたい気持ちを必死で押さえ込んでいた。

バナードのことを勇敢で誇り高いと言ってくれたアルファを、失望させたくなかったのだ。

「広場を出ろ！」

「！」

アルファの声に正気に戻ったのはバナードだけではなかった。

周囲にいた人々が悲鳴を上げ走り出す。

混乱は一瞬で広がり、たちまち広場はパニック状態になっていった。

人々の悲鳴が交錯する中、空から舞い降りてくる黒い紙片の一枚が甲高い叫び声を上げる。

聞いた者の魂を引き裂くような、おぞましい叫びを上げた紙片は、叫ぶと同時に膨れ上がり、赤黒い【魔物】となって重い地響きとともに地上を揺らし、ずしりと広場へ降り立った。

目撃した男性が叫ぶ。

「ワイバーンだ！」

しかしその【魔物】は、形こそワイバーンに似ていたものの、以前この場所を襲ったものとは違い、目玉が一つしかなかった。

体の大きさも乗馬ほどの体高しかなく、本来のワイバーンの半分に満たない。

ぬらぬらとした粘膜に覆われた硬い皮膚、羽毛のない巨大なニワトリのような姿。

長い尾はトカゲに似ており、前足はそのままコウモリのごとき翼になっている。

体は小さいがしかし、その数が尋常ではない。

「ギ、エ、え、え、え、ええええええぇぇぇ！」

喉を引きつらせながら叫び、一つしかない血色の瞳を人々へ向ける。

逃げ惑う人々で大混乱の中、アルファは凝然と立ち尽くしていた。

「多いな……」

【魔物】の数は十や二十ではきかない。

黒い紙片は今も舞い降り続け、地上付近で次々と同型の禍々しい一つ目の【魔物】に姿を変えていく。

おそらく総数は百を超えるだろう。

何百といようと倒せない相手ではないが、ここは人々が集う広場であり、すぐそこは住宅街でもあった。

戦えば被害は避けられない。

だがこの【魔物】共を城まで到達させるわけにはいかなかった。

城にはアルファにとって、命よりも大事な主がいる。

アルファは数瞬目を閉じ、人々の叫びを頭の中から追い出した。

息を吸い、吐き出す。

今いる場所から一歩、歩き出すのとなんら変わらない。

わずかな意思の力だけで、アルファは人の姿を捨て去った。


突如広場に現れた【魔物】の群れから人々は逃げ惑っていたが、いち早く避難していたバナードは、同級生たちを連れて広場を見下ろせる丘の上までなんとか到着していた。

黒竜公があんな【魔物】などにやられてしまうとは思えなかったけれど、【魔物】の数があまりにも多すぎて心配だ。

城まで走って、もう一人の【竜人】だという赤竜公を呼んでくるべきかとわずかな時間迷った。

「おい！　あれ見ろよ！」

バナードたちと同じように丘の上まで逃げてきていた男性が広場を指差す。

「!!」

全員が息を呑んだ。

広場の上空に長大な体を晒していたのは、黒曜石のような鱗を夕日にきらめかせた闇色の竜だった。

人々は【魔物】の群れに続いて現れた黒竜の姿に恐れ慄き、恐慌状態になりつつあった。

その巨体といい威圧感といい、明らかにワイバーンなどのありふれた【魔物】と同レベルではない。

どれだけ人員を割いても、黒鋼色に輝く鱗一つ傷つけられないのは子供にも明白だった。

だがそこに、バナードの喜色に溢れた声が響き、人々が我に返る。

「黒竜公様だ！　大丈夫、オレたちの味方だよ!!」

黒竜公と呼ばれた竜に、少年の叫びが聞こえたとは思えなかったが、巨大な竜は首をもたげて街全体へ響き渡る雄叫びを上げた。

逞しく低く、その声は【魔物】たちのおぞましい叫びとは違い、人々の心を大いに勇気付けた。

守護神の咆哮のごとく魂へ届くその声を聞いた人々は、少年の言葉どおり、黒竜は自分たちの味方だと誰もが確信した。

「黒竜公様……！」

人々が立ち止まり、輝きわたる漆黒の鱗を遠くから見つめる。


アルファはとりあえず自身の属性である闇魔法を使わないことに決めた。

若年であるカイルは、アルファも自分と同じように、自身の属性と同じ魔法以外はあまり使えないと誤解していたが、実際のアルファは【竜人】の長命と膨大な魔力を活かして、魔法の研鑽にかなりの年月――百年以上を費やしており、ほとんどの魔法を自由に使いこなすことが出来た。

アルファがその気になれば闇魔法で広場ごと【魔物】を一掃することも出来るのだが、逃げ遅れた人々がまだまだ残っており、範囲魔法を主とする闇魔法は危険すぎる。

有用なのは単体を狙いやすい雷属性の攻撃だろう。

黒竜が決断すると同時に雷《いかずち》の光が空を割った。

体の芯ごと震わせるような凄まじい轟音が響き、大地が揺れた。

竜神の怒りが、眩しく輝く百万の強弓となって降り注ぐ。

雷鳴と稲光が広場を直撃するごとに、【魔物】が一匹黒焦げになって跡形もなく燃え尽きたが、敵の数があまりにも多く、広範囲に出現しているため、一匹ずつを打ち倒していく黒竜の攻撃はなかなか追いつかない。

城下町に大量の【魔物】現る、という恐ろしい報告は、すぐさま城へも届けられた。

ルークは一報を受け取ると、すぐに父王へ現状届いている事件の概要を報告した。

「父上、【魔物】が出現した現場では、すでに黒竜公が居合わせて戦ってくださっているようです。私も現場へ向かって手助けをしてこようと思います」

王太子であり、現役の軍人でもあるルークは、このような事態で現場を指揮する責任がある。

「分かった。だが無茶はするな。何かあれば私も出る」

「その必要はないでしょう。普段あれだけ態度のでかい黒竜公が、【魔物】ごときに遅れを取るとも思えませんし」

王太子の言葉は、何も知らない者が聞けば、黒竜公が嫌いで馬鹿にしているのかと疑うようなものだったが、国王ライオネルは、息子が文句を言いつつも【竜人】たちを信頼し、それなりに尊重していることを知っている。

ルークは父への報告を終えると、出陣前にシリウスの居室へ飛び込んで弟の安全を確認した。

「シリウス、カイルとここにいるんだぞ。――カイル、弟を頼む」

「兄上、待って……！」

「大丈夫、どうやら現場にアルファがいるらしい。なに、以前も東西広場はワイバーンに襲われているが、今回は黒竜公も戦ってくれているのだから、負けたりしないよ」

ルークは不安げなシリウスの頭を撫でてやり、カイルに弟の守護を任せると、城内の騎士たちを引きつれて現場へと向かう。

シリウスのほうは、兄が出て行った後、窓へ飛び付いて塔のある広場のほうを見つめた。

城からでも東西広場の上空で、不吉な【魔物】の影が無数に飛び交っているのが見える。

「ぼくも行かなきゃ……！」

シリウスを守るため側近《そばちか》くへ控えていたカイルは目をむいた。

「いけません。危険すぎます。ここで私がお守りしますから……」

「アルファが戦ってるよ！」

シリウスが指差す先をカイルが見ると、まだ赤い夕日の空の中、確かに黒曜石のように輝く黒い巨体が遠くに見えた。

漆黒の鱗が自らの放つ雷撃を反射して眩しく輝いている。

大地を直撃しているのだろう稲妻の鳴動が、遠く離れたシリウスの居室へも地響きとなって低く轟いた。

「行かなきゃ……！」

「いけません」

いつもは主人に甘いカイルがきっぱりと言うと、大事な主人をもっと安全な場所へ連れ出そうと手を伸ばした。

シリウスの居室は三階の見晴らしの良い場所にあったので、階下へ連れ出そうとしたのだ。

だがシリウスはカイルの腕をすり抜けると、素早く窓へ足をかけた。

「カイルが行かないならぼくだけでも行く！」

言うなり躊躇せず細い体を空へと投げ出す。

だが今度はカイルも大事な主人を逃がさず捕まえた。

シリウスの背に金の翼が現れ、カイルの腕の中で暴れている。

「離して！」

「シリウス様！　いけません！」

「やだ！　絶対行く！　アルファのところへ！」

シリウスは不吉な予感で胸がいっぱいだった。

今、行かなかったら、きっとアルファの身に危険が及ぶ。

自分に何が出来るのかは分からないけれど、行かなければならないのだと強く思った。

「お願いカイル!!」

カイルの腕から逃れようと、本気で暴れる主人にカイルは困りきっていた。

このままでは【魔物】がどうのこうのというよりも、無理矢理シリウスを捕まえている自分のほうが、主人の細い体を傷つけてしまう。

「わ、分かりました！　分かりましたから！　一旦お戻りになって……」

分かったと言われて、シリウスは暴れるのをあっさりとやめた。

カイルの腕の中におとなしく収まって、信頼する友人の瞳をじっと見る。

主の視線を受け止め、カイルは深々と溜息をついた。

「シリウス様をあんな現場へ連れて行ったと知れたら、私が後でアルファに殺されます」

「でもカイルもアルファも、ぼくを守ってくれるでしょう?」

「無論です。ですが、シリウス様の翼はまだ人々にお見せにならないほうが良いでしょう。私も竜になりますので手の中にいていただけますか」

カイルの言葉を受け、シリウスは真剣な表情で頷いた。


アルファは己の竜身に取り付いている【魔物】共を振り返った。

鹿のように枝分かれしている鋼色の左右の角へ、青白く輝く電流が行き渡り、長大な体を覆うように流れて走る。

その青白い光に打たれたワイバーンたちは悲鳴を上げてアルファの体から逃げ去ったが、キイキイと鳴いて周囲を離れない。

アルファは身をくねらせ、大人の人間の足ほどもある巨大な爪で【魔物】を引き裂いていくが、こちらもキリがない。

今も上空から黒い紙片は舞い降り続け、その数は増えゆく一方だ。

「アルファ！」

かなり遠い場所からの呼び声だったが、アルファはその声を聞き逃さなかった。

すかさず振り向き、夕闇を切り裂いて飛んでくる赤い竜の姿を認める。

赤竜の手の中には見紛《みまが》うはずのない金の光。

「カイル！　何故我が君を連れてきた！」

怒号とともに稲妻を呼び、主君の進路を妨げる【魔物】を打ち倒す。

「アルファ、カイルを怒らないで。ぼくが無理やり窓から飛び出したんだ」

地上へ降り立った赤竜はシリウスをそっと胸へ抱き、上空のアルファを見上げる。

赤竜のルビーに輝く竜体に、たちまち【魔物】が群がった。

カイルは逞しい尾を一振りし、近づいてきた【魔物】を打ち払う。

同時に赤竜の周囲を取り囲むように灼熱の白いサークルが広がり、付近の【魔物】を消し炭に変えた。

「シリウス様、熱くはございませんか」

「大丈夫。それよりまだ広場のあちこちに人が残っているから気をつけて」

「心得ております。——アルファ、地上は私がやる」

前半分をシリウスに、後半をアルファへ向けて声をかけ、カイルは主君を敵の目に触れぬよう手の中へ隠すと、首を低く構えて眉間に深い皺を寄せ、【魔物】共が震え上がる恐ろしい唸り声を上げた。

「その炎のサークルより内側へ侵入した者は漏れなく焼き尽くしてくれる。……もっとも、近づいてこなくとも同じ運命ではあるが」

カイルらしからぬ物騒な脅しの言葉を投げかける。

わずかに開いた赤竜の巨大な口腔からは、高温のあまり白く輝く炎がちらちらと揺れているが実際にその顎から炎を吐き出すことはなかった。

前面に抱いている主人が熱いかもしれないと危惧したからだ。

そもそも炎など吐かずとも、赤竜が灼熱に輝く瞳で魔力を込め睨み据えただけで、ワイバーンは内側から瞬時に焼き尽くされ、苦しむ間もなくたちまち黒く燃え尽きた。

文字通り灰となって風に煽られ、地面に焼け焦げた痕跡だけを残し、一匹、また一匹と消え去っていく。


一方、炎が広がりつつある広場には、まだまだ一般市民が大勢逃げ遅れてしまっていた。

そのうちの一人、一緒に塔の見学に来ていたはずの彼氏とはぐれ、一人ぼっちになってしまった女性は、植え込みの前へ設置されたベンチの陰へ隠れて震えていた。

走って逃げ出そうにも、単眼のワイバーンはそこら中にいて、勇気を出して陰から飛び出したとしても、どれか一匹にでも見つかれば、たちまち追いつかれてしまうだろう。

気づけばいつの間にか火の手が上がり、ますます混乱して悲鳴も出ない。このままでは【魔物】に殺されなくても焼け死んでしまう。

「いや、いやだ……！」

パニックになってしまい、周囲の状況も確認せずにベンチの陰から這いずるように逃げ出した瞬間、目の前へ赤黒い粘液に包まれた【魔物】の足が、べしゃりと下ろされた。

「あ……あ……」

濁った一つだけの眼球が女性を見つめ、巨大な口腔が歪んでよだれをこぼす。

ワイバーンが自分に襲いかかってくる軌跡を見た気がしたが、間近に死が迫る恐怖のあまり目を閉じてしまった。

低く湿った打撃音が響いたが、覚悟していた衝撃はいつまでたっても訪れない。

勇気を振り絞ってまぶたを持ち上げると、目の前へ宝石のように輝き渡る赤い鱗が壁となって立ちはだかっていた。

真紅の竜は女性を襲おうとしていたワイバーンを片手で引き裂き、もう片方の手は胸へ引き寄せるようにして何かを大事に抱えていた。

竜の背後へさらに数匹のワイバーンが迫る。

「う、うしろ！」

女性が夢中で声を振り絞り叫んだ。

その途端、逞しい尾が彼女の頭上すれすれをかすめて振り抜かれ、女性の金茶の髪が強風に煽られ激しく乱れた。

夕日の中を火の粉が巻き上がり、キラキラとオレンジ色に輝いた。

髪を押さえた女性は、その幻想的な光景に状況を忘れてしばし見入ってしまったが、呆けていた一瞬のうちに、ワイバーンは赤竜の尾によって地面へ叩きつけられ動かなくなっていた。

「カイル！　この先はまだ人がたくさんいる！　火を使わないで！」

その声へ答えるように赤竜は巨大な顎を頷かせた。


カイルが周囲を見渡すと、間近にはまだ二匹のワイバーンがいた。足元では若い女性が期待を込めた瞳でカイルを見上げている。

「カイル、戦いにくいようだったら、ぼくをここでおろしていいんだよ」

「いいえ、絶対にだめです」

シリウスとしては、自分が赤竜の手の平の中にいるままでは腕が使えず不便だろうから、自由に動けるほうがよかろうと考えて提案したのだけれど、赤い竜はにべもない。

「せめて背中にいようか？」

「鞍も手綱もないのに、落ちたらどうするのです。今のまま、腕の中にいてください」

新たな提案もあっさり却下されてしまった。

のんきに会話している赤竜に隙ありと見たのか、一匹のワイバーンが穢らわしい叫びとともに飛びかかってきた。

すぐ近くだったので、竜の足元にいた女性には、【魔物】の粘着質のよだれが開かれた顎から飛び散りながら後方へ糸を引いている様子まではっきり見えた。

赤竜は筋肉の塊のような後ろ足で醜い【魔物】をボールのように蹴り上げると、急ぐ様子もなく丁寧に女性を避けながら、くるりと体勢を変え空中に浮いたワイバーンをしなやかな尾で叩きつけた。

逃げようと慌てふためいているもう一匹のワイバーンへぶち当てる。

巨大な質量の肉同士がぶつかり合う湿った鈍い音と、耳をつんざく不快な【魔物】の悲鳴。

土埃の中、もつれあう二匹を踏み潰し黙らせてから、カイルは大切な主に笑みを落とした。

「ほら、腕が使えなくても問題ございませんから」

「……うん」

それはそれとして、やはり腕が使えたほうが便利だと思ったシリウスだったが、我侭を言って連れてきてもらった身であったので素直に頷いておく。

付近の【魔物】を倒し終えると赤竜が振り返り、立ち尽くす女性をちらりと見た。

真紅の竜の、その大きな瞳が、炎を閉じ込めたように複雑な色の赤だったことを、彼女は生涯忘れなかった。

こんなに巨大で恐ろしげな姿をしているのに、怖いとは全く感じない。

「怪我はしていない？」

先ほど聞こえてきた声の主が、赤竜の腕の中から顔を出し話しかけてきた。白皙の頬を煤で汚した金髪の少年だった。

「は、はい」

声が震えてしまったが、それでもなんとか返事が出来た。

「ここからまっすぐに丘へ向かえば、お城の騎士たちが守ってくれているからね。ぼくたちもここから見ているから。大丈夫？　走れそう？」

落ち着きを取り戻した女性は頷く。

恐ろしくて自分のいる位置を把握できていなかったが、もうすぐそこは敷地の外で、丘までは百メートルほどしかない。

少年が指さした先には確かに避難している市民たちと、それを守っている兵士や騎士たちの姿が見えた。この先はもしも襲われても兵士たちが助けてくれるはずだ。

竜の腕の中の少年を見上げると、しっかりと頷いた。

「大丈夫です。走れます」

彼氏と会うからと履いてきた、踵の高いお気に入りの靴を放り投げ裸足になると、自分の頬を両手でひっぱたいて気合を入れた。さっきまで震えていた膝もついでにひっぱたく。

少年がびっくりしているようだったけれど、女性はもう怯えていなかった。

助けてくださってありがとうございました、と頭を下げてから、丘を目指してまっすぐに駆け出していく逞しい女性の無事を確認して、シリウスは自分を腕の中に守ってくれている赤竜を見上げた。

「カイル、ぼくたちも行こう、残っている他の人を助けてあげないと」

「はい、あの【魔物】共……。どうにか一掃出来ると良いのですが」

倒しても、倒しても、コウモリのような形にくり抜かれた黒い紙片は、いまだにどこからか大量に舞い降りてきていた。

空と地上とで薙ぎ払われ、ワイバーンたちは次々と倒されていたが、それと同じ数だけ空から紙片は降り注ぐ。

現場へ到着したルークと騎士たちは、炎に沈む広場と、雷に打たれて残骸となっている【魔物】たちの死骸を見た。

「【竜人】たちの邪魔をしてはならない！　我々は逃げ遅れた人々の救出と、竜たちが打ち漏らして広場を出た【魔物】共をやる。五人一組になれ、決して散らばるな！　【竜人】たちの攻撃の巻き添えを食らいたくなかったら、絶対に広場の中央部へは入るなよ！」

よく通る若々しい声で命じると、そのままの勢いで駆け出していく。

騎士と兵士へ迷いなく的確に指示を出し、まとめあげて指揮をするルークを、アルファが上空から確認する。

予想以上に将としての資質があるようだ、と、内心感心していたが、のんびりしている余裕はない。

黒竜の周囲に纏わりついているワイバーンたちは、雷撃を恐れてか、先ほどのように直接は触れてこなくなっていた。

代わりに醜く歪んだ顎から強酸性の涎を撒き散らし、竜の鱗を溶かそうとしているようだった。

それぐらいのことで傷つく黒竜公の鱗ではなかったが、撒き散らされた酸は地上へも届いて、広場の敷石を見境なくじゅうじゅうと溶解している。下手をすれば地上にいる主人に危険が及ぶかもしれない。

黒竜は身を反らし、周囲にいるワイバーンを爪先で捕まえていく。

長大な体が身動きする度に、鱗が擦れてリンリンと金属の鈴のように涼やかな音が鳴った。

酸を撒き散らしていたワイバーンは黒竜の手の平と爪の檻へ捕らえられ、逃げ出そうと藻掻《もが》く間もなく眩しく輝く雷撃に打ち倒されて、不気味な悲鳴とともに消し炭となって消えていく。


シリウスはカイルの腕の中で、自分の守護者たちが打ち倒している【魔物】たちを凝視していた。

おぞましい見た目、おぞましい叫び声、涎を撒き散らしながら人々を襲う。

【魔物】という生き物を産まれて初めて見たシリウスは、他の生物と根本的に違うありように困惑していた。

それまでは、どんな生き物、どんな物質を見ても、それが何で出来ていて、どうすれば壊したり作ったり出来るのか、考えなくともすぐに分かったのに、【魔物】は全く異質のもので出来ているようで理解できない。

以前、悪漢共の武器を崩壊させたことがあったシリウスは、もしかしたら【魔物】も同じように倒せるかもと思っていたのだが、残念ながらそれはできないようだ。

だがカイルの腕に守られているシリウスは【魔物】に恐怖を感じていなかった。

それよりもこの場所、東西広場そのものに、何か違和感を覚えていた。

【魔物】たちと同じように、本当ならこの場にないはずの異質なものの気配がする。

紙片が舞い降り続ける上空を見上げる。

まだ薄紫の空へ浮かぶ、存在感の薄い青白い三日月。

「――あれは……」

アメジスト色の目を細め、青ざめた月を見る。

「アルファ！」

「はっ」

すかさず上空から声を返してくる黒竜に、シリウスは叫んだ。

「よく見て、あの月、本当の月じゃない！」

その声に、カイルもアルファも同時に月を見上げた。

空に浮かぶ月は限りなく細く青白い。

まるで夕闇の空に出来た引っかき傷のようだった。

「ほら、影の部分、後ろに雲が流れてる」

月などではなく他の何かだ。

「カイル、我が君をお守りしていろ！」

アルファはそう叫ぶなり長大な体をぐるりと回転させると、風を切り空へ向かってまっすぐに飛びだした。

凝視すれば確かにシリウスの言う通り、やけにくっきりと見える青白い三日月は本物の月ではない。しかし空に生じた傷のようなものは、まさしく〝空の傷〟であり、近づこうにも距離感がまるで分からなかった。

それでもなんとか食らい付こうと巨大な顎で捕らえてみたが、空気に食い付いているのと同じ手ごたえしかない。

その〝空の傷〟から、手の平ほどの黒い紙片が、一枚、また一枚と、溢れるように生じてひらひら落ちていく。

「何だこれは……」

生まれたばかりの紙片をすかさず切り裂いて、アルファが青白い隙間を覗き込もうとした時、

「アルファ！　だめだ！　離れて！」

地上から主人の叫びが届き、反射的に身を翻す。

同時に三日月形の〝傷〟が青く強烈な光を放った。

「……！」

完全には避けきれず、光線を浴びたアルファの鋼色の角の先がわずかに欠けた。

ダイヤモンドよりも硬く、今まで誰にも決して傷つけることのできなかった角が、わずかではある

が鋭利な断面を残して消失している。

シリウスの声がなかったら頭部ごと持っていかれていたかもしれない。

「アルファ!」

シリウスは叫び、カイルの腕の中から身を乗り出す。

「カイル!　ぼくもあそこへ行く!」

「いけません、危険です!」

「お願い、カイル!」

主の必死の懇願に、カイルは己の不出来を呪った。

本当に主人のためを思うなら、懇願に応えるべきではない。

けれど、どうしても、魂を引き絞るように願う主人を押し留められない。

カイルはルビーの鱗をきらめかせ首をもたげると、己の周囲にひときわ大きな青白いサークルを生んだ。

近づこうとしていた【魔物】共が焼け焦げ悲鳴を上げる。

カイルの鱗が青い炎に照らされ幻想的に輝いた。

「アルファ、恨むぞ……!」

主人にこれほど心配されているアルファが妬ましく、主人の願いを叶えようとしている己が憎い。

炎の熱をはらんだ翼を広げ、カイルはアルファを追って空へと向かった。

アルファは空に生じている〝傷〟から距離を置き、小さく呪文を詠唱する。

どのような魔法も詠唱など必要のないアルファだったが、今使おうとしている呪文は詠唱なしでは使えない特殊な呪文であった。

本来なら交じり合わない属性の闇と雷とを無理矢理掛け合わせ、アルファ自身で作り出した彼にしか使えぬ力任せの強引な魔法だ。

黒い火花が生じ〝空の傷〟の正面でバチバチと音を立てる。

初め小さかった火花は一瞬で上空に根のように広がり、ねじれながら融合して、たちまち太く眩しい稲妻に変じた。

生まれたばかりの闇色に輝く稲妻は、凄まじい轟音とともに偽物の月へ襲い掛かる。

衝撃波で広場の広葉樹が葉を吹き飛ばされ、大地が揺れ建物が震えた。

雷の轟きが発する衝撃波は、偽物の月だけではなく、空へ残っていた黒い紙片にも襲い掛かり、全てを粉々に吹き飛ばした。

千切れた紙片は地に落ちる前にアルファが発している闇色の雷に吸収され、塵も残さず消滅していく。

それでも付近の建物の窓が割れなかったのは、黒竜が魔法の範囲を最小限に絞っていたからだ。

「すごい……」

見ていた人々が世界の終わりを予感するような凄絶な光景であったが〝月〟は変わらずそこにある。

アルファは唸った。

物理攻撃も、攻撃魔法も、さらには吸収魔法も効果がない。

「アルファ！」

そこへシリウスとともにカイルが到着し、空へ生じている〝傷〟を間近に見た。

「我が君をお連れしたまま、あまりアレに近づくなカイル。あれは本当に空間へ生じている〝傷〟だ。攻撃はきかぬ。塞ぐより他に道はない」

「塞ぐ……、でもどうやって……」

カイルは紅の瞳で〝傷〟を睨み、炎の灯った爪先を小さく回転させた。

指の動きをなぞるように炎の輪が生じ広がると〝傷〟を取り囲んで締め付ける。

高温のあまり白く光る炎がゴウゴウと音を立てながら大蛇のごとく渦を巻いたが、炎が消えた時、やはり青白い月はそこに残っていた。

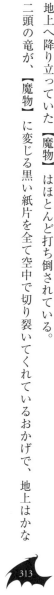

ルークは煤だらけになっている頬をぬぐい、地上から二頭の竜を見上げた。
地上へ降り立っていた【魔物】はほとんど打ち倒されている。
二頭の竜が、【魔物】に変じる黒い紙片を全て空中で切り裂いてくれているおかげで、地上はかなり楽になった。

「消火作業を進めろ！　怪我人の誘導を……！」

カイルとともに弟の姿を見た気がしたが、あの赤竜がこんな危険な場所へシリウスを連れてくるはずがないと己に言い聞かせ、自分のやるべきことを進めていく。

竜たちが苦戦している様子を、やや離れた上空へ浮かぶ二人の青年が見物していた。

蒼い髪の青年フォウルと、緑の瞳の男だ。

緑眼の男が片目を瞑って赤銅色の癖毛をかきながらぼやく。

「あーあ、もう少し近づいてくれないと直接攻撃はもう出来ないな。さっき黒竜を逃したのは残念だった」

フォウルは答えず、緊迫した表情で戦いを見つめている。

「どうしたフォウル、やっぱり彼らが心配かい？」

「心配なものか。——そうじゃない、そうじゃなくて……」

サファイアの瞳を凝らし、フォウルは必死だ。

「……やっぱりいる！」

赤竜が胸に抱いている金髪の少年に気づいたフォウルは同行者の胸倉を掴んだ。

「あの人がここにいる！　今すぐ攻撃を中止して門を塞げ！」

「えー、面倒だよ」

その場から飛び出して行きそうなフォウルの肩をなだめるように叩き、緑眼の男は微かに笑う。

「どうせ君たち【竜人】は結局、前と同じで最後まではあの人を守りきれないよ。だから君も、もうあの子のことはスッパリ諦めて、今のうちに自分の人生を楽しんだほうがいいと思うけどなあ」

「……黙れツヴァイ……！」

低く唸り、ギリギリと襟首を締めあげてくるフォウルに、ツヴァイと呼ばれた男は肩をすくめ慌てて見せた。

「ちょっ……、分かった分かった、苦しいよ。……今回は依り代ももう尽きそうだし、本当はフォウルの望む通りにしてやっても構わないんだ。――でもほら、わざわざ僕たちがやらなくても、君の大事な光の君は、自分でなんとか出来るみたいだぞ」


シリウスは空に生じている月のようなものを、アメジスト色の瞳でじっと見つめ眉を寄せた。

上空の風に吹かれて細い髪が黄金の炎のように舞う。

白皙の頬が煤で汚れていた。

「アルファ、カイル、あれ、すごく嫌な感じがするんだ。ぼくが塞いでみるから、少し離れて」

「はい。でもどうやって……」

カイルが腕の中の主人を大事に抱きしめ、青白い月から守るように隠した。

アルファも主人に累が及ぶことを恐れて〝月〟とカイルとの間へ身を割り込ませると、黒曜石で出来た巨大な壁のように遮る。

「我が君、嫌な感じ、とはどのような……」

「よく分からないけれど、ここにあってはいけないものだと思う。あのままにしておいたら大変なことになる」

そう言って、カイルの腕の中で目を閉じた。

「たぶん塞げるよ。塔を造ったのと同じで大丈夫。空をつくればいいんだ」

空をつくる？　二頭の竜が同時に聞き返そうとして失敗した。

夕闇の迫っていた空全体が、世界を金色の膜で覆うように淡く輝いたからだ。

金の膜は頂上を中心に一段と輝く光の輪を広げていき、輪の縁をなぞるように眩しい火花がキラキラ弾けながらゆるやかに瞬《またた》く。

淡く光る無音の巨大な花火が空の頂点で炸裂したような光景だった。

黄金の輝きが街全体へ広がって、上空を見上げていた全ての人々の頭上に降り注ぎ、【魔物】の襲撃に怯えていた人々が恐怖を忘れてその美しさに心を奪われる。

「シリウス……？」

地上にいたルークも、空へ広がっていく光のカーテンを目撃した。

大事な弟が塔を直した光景に似ていた。

疲れ果てていた騎士たちは、やすらぎに満ちたその光を受けて膝をつく。

降り注ぎ続けていた黒い紙片はいつの間にか止んでいた。


バナードは同級生たちや、一緒に避難していた人々とともに、丘の上から一部始終を見ていた。

荘厳な雰囲気があたりを支配し、誰も言葉を発せない。

静まり返った広場の中央へ、上空で戦っていた二頭の竜が降りて行く。

「シリウス……！」

「あっ、バナード、どこ行くんだよ！」

バナードは同級生たちの制止を聞かず走り出した。


広場にはワイバーンたちの屍が累々と転がっていたが、そのほとんどが雷と炎によって炭と化していた。

赤竜の降り立つ羽ばたきで【魔物】だった灰が吹き飛んでいく。

煤にまみれた騎士たちが半ば呆然と竜たちの帰還を遠巻きに見守っていた。

【竜人】たちを恐れていないルークも、丘の上から息を切らせて駆けつけたバナードも、近寄りがたい雰囲気に飲まれ、他の人々とともに遠巻きにするしかない。

カイルが腕の中に守り続けていた主人をそっと地上へ下ろすと、シリウスは手を伸ばしてカイルの鼻先を撫でた。

「ありがとう、カイル。わがままを聞いてくれて」

カイルは目を細め、甘えるように鼻先を主の手の平に押し付けた。

次にシリウスは、地上ギリギリまで顎を下ろしている黒竜の首へ触れた。

「アルファも、心配かけてごめん。でも二人とも、すごく強かったよ」

主人に褒められた竜たちはどちらもひどく幸せそうに見えた。

「――さあ、みんなでうちへ帰ろう」

返事のかわりに、アルファは獰猛な竜とは思えない優しい声を喉から出して唸り、首筋にあてられた主人の手の感触を味わうように目を閉じてから、速やかに人身に戻った。

同時にカイルも人へと戻る。

「シリウス様、御髪が……」

輝きわたる金の長髪が煤で汚れ、その上、上空で風になぶられたせいで、寝起きのように乱れている。

カイルが手櫛で撫でつけてやるが簡単に汚れは落ちなかった。

せっせと髪を整えてくれるカイルから視線を離してシリウスが振り向くと、唖然としたまま遠巻きにしている人々が目に入った。

「兄上！　バナード！」

大きな声を出すと、呼ばれた人物がハッとしたように駆け寄ってくれる。

「よかった、兄上もバナードも、みんな無事だったんだね」

「当たり前だ……！」

ルークは弟を抱きしめ、続けてカイルとアルファを睨む。

「シリウス、何でこんな危険なところへ来たんだ……！　お前たち、後で色々聞きたいことがあるからな」

言葉の前半と後半とで天と地ほども声音に差をつけたが、【竜人】二人はまるで意に介していないようだった。

バナードも煤だらけの顔で笑う。

「すごかったな、シリウス。オレ、たぶん今日のことは一生忘れられない」

しみじみと言って、広場を見渡した。

シリウスが今日直した塔と、建設途中だった塔は、どちらも黒焦げではあったが、無事にそのまま建っていた。

「我が君、あまりお顔の色が優れませぬゆえ、早く城へ戻りましょう」

アルファの言葉にカイルもハッとなる。

すっかり暗くなっていたため分かりにくかったが、確かにシリウスは顔色が悪い。

考えてみれば、シリウスは昼にも塔を一つ完成させるという大きな力を使ったばかりだったのだ。

「もう一度竜身になりますので、今すぐ飛んで戻りましょう！」

「そんなにヘトヘトじゃないよ」

相変わらず心配性な二人に苦笑しつつ、シリウスは息をつく。

喜びに沸く騎士たちの顔の向こう、シリウスは遠く上空を去って行く二つの人影に気づいた。

「フォウル……？」

そのうちの一つの影に、以前見た蒼い髪を確認し、その名前を小さく口の中で呟いたが、遠くにあった二つの人影はすでに小さな点となっており、やがて完全に視界から消えてしまった。


竜たちが街を守って戦ってくれたことは、その日のうちにウェスタリアの首都ティラーナに住む、全ての人間に知れ渡った。

街のどこにいても、巨大な二頭の竜が、雷や炎の光を受け、鱗を輝かせながら戦う様子を見ることが出来たし、大勢が黒竜の最初に放った咆哮を聞き、戦いの終わりに空を覆った光を目撃した。

現場近くで直接彼らを見た者たちは、皆一様に、竜たちとともにいた金髪の少年のことを語った。

王太子ルークのことを『兄上』と呼んでいたその少年は、赤竜と黒竜に畏れず触れ、彼ら【竜人】

を従えているように見えた、と。


フォウルはツヴァイとともにウェスタリアを離れ、遥か東方にある無人島へ到達していた。

どこの国家にも所属しない無人島群で、少なくとも見える範囲にはフォウルとツヴァイ以外に誰もいない。

その誰もいない島の一つに、巨大な城が建っていた。

石造りの建物全体に蔦が絡まり、城壁の一部は崩れて瓦礫と化している。

天守がある尖塔すらも建物半ばで折れて崩れ、美しかった姿を想像するのは難しい。

「フォウルの大事なご主君はなんとか無事だったみたいだね。……本当に戻らなくていいのかい？」

「側に侍るだけでは、お前たちからあの方をお守りするのに足りない」

唸るように言って眼を伏せるフォウルを、ツヴァイが呆れたように見やる。

「まあね。いずれあの王子様の魂は僕たち【魔人】のものになる」

「黙れツヴァイ！」

殴りかかってきたフォウルの拳をかわし、ツヴァイは緑の瞳を細めて笑った。

「主を殺そうとしている僕たちと行動をともにする君も物好きだけど、君を許して側へ置いておく僕たちもかなりの物好きだよな」

フォウルが強く握り締めた拳は、力を入れすぎたあまり自らの手の平を傷つけ、ポタポタと鮮血が滴っている。

「あーあ、無駄に怪我しちゃって……。それより、僕たちが勝手に彼らに手を出したこと、絶対皆から怒られるぞ。アイシャは自分が一番に出るって張り切っていたし……」

ぶつくさ言いながら、静まり返っている無人の城門へ向かってツヴァイが歩くその後を、フォウルが黙ったまま付いて行く。

誰も見張る者のない鉄の門扉は、二人が近づくと不快な軋みを上げながらゆっくりと自動的に開き、目的の人物を迎え入れた後、何事もなかったかのように閉じていく。

門が閉じると同時に島から人の気配が完全に消え、二人が入城したはずの城からも生き物の気配は感じられない。

——誰もいない廃墟の城のみが、塩を含んだ海風に侵食されながら、静かに佇んでいた。

あとがき

がんばって書いた小説を誰かに読んでもらえるって、とっても夢があって幸せですよね！

もともとは自分の中にだけ存在した物語が、自分の知らない誰かに届いて共有できるようになるなんて、文字や言葉のありがたみを日々実感しています。

私にとって「少年と竜神」は、初めて一次創作として書いた作品だったのですが、いつも、一人でも多くの人が読んで楽しんでくれたら嬉しいな、と考えながら更新していました。

だから今回、書籍という形にしていただけて、本当に幸福です。


小説はもちろん、漫画やイラスト、手芸や工作など、ありとあらゆる創作活動が趣味で、いわゆる同人誌というものも何度も作っているのですけれど、当然ながら企画から執筆、校正、印刷所や通販の手配や告知、出したあとの在庫管理などなど、他にももろもろの全部を、自分一人で格闘しながらやっつけていかなければなりません。

これが結構な手間、かつ重労働なわけですが、それが突然に、字を書く以外のすべての作業をプロの方がやってくれてしまう！　ありがたすぎて大変に動揺しました。

たくさんの方が力を貸してくださって、この本が皆様のお手元に届くと思うと感慨ひとしおです。

商業作品に関わることも何度かあったのですが、小説ではなくイラストで、だったので、このたび書籍化のお話をいただいて、つぎつぎと初めての経験をし、緊張すると同時に毎日がとても刺激的で楽しいです。現在進行系です。究極の創作活動を噛み締めている感じです。


だいぶ埋もれていた「少年と竜神」を見つけ出し、何もわからない私を優しく丁寧に導いてくださった担当Y様、かわいらしく美しい挿絵をたくさん描いてくださったのまろ先生、私の知らない場所で私の本のために、力を貸してくださった方々、それからいつも応援してくれた家族や友人、フォロワー様たち、皆様に心から感謝を。本当にありがとうございます。

この本を手にとって読んでくださった人が、楽しく幸せな気持ちになりますように。


とりとめのないあとがきになってしまいましたが、シリウスたちはこのあとますます元気よく、大胆に、彼らの冒険を続けていきます。

シリウスだけではなく、周囲の人々や竜人たち、各々の成長を見守ってくださると嬉しいです！

それでは次巻で、またお会いできますように！


おじいちゃんオカメインコを頭に乗せて、四年に一度の閏日に。黒河あこ

あとがき　その2

ののまろ先生デザインバージョンのシリウスが
とってもかわいかったので、描かせていただきました!!

GC NOVELS

少年と竜神

～王子と過保護な護衛たち～ 1

2024年5月5日　初版発行

著　者　黒河あこ

イラスト　ののまろ

発行人　子安喜美子

編　集　弓削千鶴子

装　丁　寺田鷹樹（GROFAL）

印刷所　株式会社平河工業社

発　行　株式会社マイクロマガジン社
〒104-0041 東京都中央区新富1-3-7 ヨドコウビル
［販売部］TEL 03-3206-1641／FAX 03-3551-1208
［編集部］TEL 03-3551-9563／FAX 03-3551-9565
https://micromagazine.co.jp/

ISBN978-4-86716-569-0 C0093

本書は小説投稿サイト「小説家になろう」(https://syosetu.com/)に掲載されていたものを、加筆の上書籍化したものです。

GC NOVELS
ハイブルク家
三男は
小悪魔ショタです
The third son of the Heiburg family is a little devil shota
1
腹黒転生ショタ
×
イケメン男装令嬢
魅惑のおねショタペア登場!!
デンセン イラスト／ごろー＊
第①巻 好評発売中

昼は学生!? 夜は冒険者!?
二拠点生活を送る
ダンジョン冒険譚!!
恋愛魔法学院
LOVE & MAGIC ACADEMY
ヒロインも悪役令嬢も関係ない。
俺は乙女ゲー世界で
最強を目指す
[1]
岡村豊蔵
Toyozo Okamura
illust. Parum
好評発売中!!